だいわ文庫

菜の花食堂のささやかな事件簿

きゅうりには絶好の日

碧野 圭

大和書房

MENU

菜の花食堂のささやかな事件簿

・きゅうりには絶好の日・

目　次

MENU

目次

菜の花食堂のささやかな事件簿　きゅうりには絶好の日

きゅうりには絶好の日

「今日は晴れてよかったわ。きゅうり料理にはぴったりね」

靖子《やすこ》先生がうきうきした調子で言う。開いた窓から、芙蓉《ふよう》のやさしい桃色の花が見えている。ここ数日降り続いた雨がやんで、今朝は久しぶりに青空が広がった。明け方まで続いた雨をしっかり吸い取った土の庭や緑の葉に、強い太陽の光が降り注いだので、あたりは蒸気が立ち込めているかのように湿度が高い。午前十時前だが、すでに気温は二十五度を超えていそうだ。

「晴れるときゅうりがいいんですか？」

「というより、今日は暑くなりそうでしょ。暑い日はきゅうり日和だと思うの。きゅうりは夏野菜、身体を冷やす食材ですからね」

靖子先生は白い頬に笑窪《えくぼ》を浮かべる。作るのも食べるのも好きな人の常として、先生はふっくらした体型をしている。おっとりした物言いで、性格ものんびりしているようでいて、料理をする時の手はきびきびと動く。しゃべりながらも調味料を計る手は止まらない。

　今日は靖子先生が切り盛りしている菜の花食堂で、月二回だけ開かれる料理教室の日だ。教室では毎回ひとつの野菜をテーマに選び、その野菜を使った料理ばかり五、六種類集めて紹介するのが特徴だ。今日は夏野菜の代表とも言えるきゅうりを扱うことになっている。

「天気予報では、今日は三十度を超えると言ってましたよ。今日の献立の冷汁は、きっとみんな喜んでくれるでしょうね」

「そうなのよ。暑い日だからこそ、の料理も多いから、ベストな状態で召し上がっていただきたいの」

　先生は上機嫌だ。誰かに料理をおいしく食べてもらうこと、それが先生のなによりの喜びなのだ。いくら技術を学んでも、そういう姿勢はかなわないな、と思う。

　私は料理教室の助手をしている。本業は不動産会社の事務の仕事だが、その合間にこちらも手伝っている。レシピの清書をしたり、生徒さんに配る資料を作ったり、前日の仕込みや買い出しなども協力している。それで金銭的な報酬をもらえるわけではないが、それ以上のものを先生からいただいている。料理のノウハウ、それに料理を中心にした家事全般についても、先生から学ぶところは大きい。たとえば買い物に付き添うだけで、その季節の旬な食材や、鮮度の見分け方などを教えてもらうことができる。まとめ買いに向いているものとそうでないもの、冷凍でも大丈夫なものなどを知っていると、買い物も合理的になる。大学進学と同時に実家を離れた私は、そういうことを母からちゃんと教わる時間がなかった。靖子先生の料理教室を手伝うことは、私にとって生活知識全般を学ぶ機会でもある。

「それに、雨だと自転車で来る人たちが困りますからね。あ、裏庭の鍵を開けておいてくださったかしら?」

「あ、いけない。そろそろ生徒さんが来る時間ですね。開けてきます」

私は勝手口から庭に出て、裏口へとまわる。この店は住宅街の細い路地に面している。バス停までは少し歩くし、本数も多くないので、自転車の方が便利なのだ。だが、家の前に自転車を何台も停めると迷惑なので、料理教室の生徒さんたちには裏庭の方に自転車を置くように、と伝えてある。木の塀で囲まれた裏庭は陽当りが悪く、小さな物置と南天の木があるだけの狭いスペースだが、自転車の五、六台は十分置ける。一番奥には私の自転車が置いてある。戸口の鍵を開けたところに、ちょうど生徒のひとり、本郷真理《ほんごうまり》さんが黒い自転車に乗ってやってきた。坂道の多いこのあたりでよく使われている、電動アシスト自転車である。

「おはようございます。いい天気になってよかったですね」

「おはようございます。ほんとに、雨が止んで助かりました」

本郷さんは先生の料理のファンで、わざわざ隣りの市から自転車で三十分ほど掛けてここに通ってくる。

本郷さんは乗ってきた自転車を庭の奥の方に置いた。

「こちらからどうですか？」

勝手口から上がるように勧めたが、本郷さんは遠慮したのか、表の玄関の方にまわった。私も部屋の中に戻ったが、続いて裏木戸が開く音がした。次の生徒が到着したのだろう。今日も忙しい一日になりそうだ。

「あの、裏に置いてある赤い自転車、どなたのですか？」

教室となる食堂のキッチンに時間ぎりぎりに入ってきた瀬川桃子《せがわももこ》さんが、挨拶もそこそこにみんなに尋ねた。エプロンを付けたり、テーブルにボウルを並べたりしていた生徒たちが、一斉に瀬川さんの方を見る。今日の生徒は瀬川さんを入れて八人。珍しく全員主婦である。

「赤い自転車だったら、私のですけど」

私は瀬川さんにそう返事した。瀬川さんは四十代半ば。今年大学に入った女の子と、まだ小学生の男の子がいる。週三回、銀行で受付のパートをやり、週末はママさんバレーにも参加している。背が高く、よく日に焼けており、見るからに活動的な印象の女性だ。

「あの、まさかと思うんですけど、優希《ゆうき》さんは昨日の四時頃、どこにいらっしゃいました？」

「え、もちろん会社ですよ。四時頃だったら、職場で経費の計算のやり直しをしていたところでした」

「優希さん、その時間、自転車はどうしてました？」

瀬川さんは怖いくらい真剣なまなざしで私を見る。何をそんなにこだわっているのだろう。

「アパートの下に置きっ放しでしたけど」

駅まで歩くと二十分近く掛かるが、スーツで自転車に乗るのは嫌だし、駅までの上り坂を自転車で行くと汗をかく。だから、運動も兼ねて朝晩の通勤は歩くことにしている。

「もちろん、そうですよね。まあ優希さんのはずはない、と思いましたけど」

やっぱり、というような顔で瀬川さんは私から視線を外した。

「赤い自転車がどうしたんですか？」

靖子先生がにこやかな表情を崩さず、問い掛ける。

「いえ、ちょっと。説明すると長くなるんですが……」

「それは急ぎのお話かしら？」

「いえ、そんなことはないです」

「だったら、お教室が終わった後にしましょう。もう時間ですからね。瀬川さんも、お仕度をなさってくださいね」

靖子先生に促されて「はい」と瀬川さんは返事をする。話の続きが気になったが、私も仕事へと戻っていった。


その日の教室もなごやかに行われた。教室は一回ごとに生徒を募る方式だが、毎回心待ちにしてくれる人も多い。その日すぐに食卓に載せられるような、おいしくて実用的な料理を教えてくれるから、とても評判がいいのだ。定員が八人と少ないので、枠はすぐに埋まってしまう。今日来ている生徒も常連ばかりだ。

きゅうりの料理はどれも簡単でおいしかった。先生がその日のために作ったメニューは、きゅうりのたたき梅肉風味、きゅうりのヨーグルトサラダ、きゅうりと鶏肉の甘酢炒め、だし、冷汁といったメニューだ。

ぱりっとした歯ごたえ。口の中で水気とともにふわっと広がる風味。さっぱりとした後味。

「きゅうりって青臭いって思っていたけど、そんなことないんですね」

生徒のひとりが感嘆したように言うと、先生はちょっと得意げに、

「今日のきゅうりは今朝もいだばかりのものを、近所の農家から届けてもらいましたからね。新鮮なんですよ」

と、答える。野菜はどれも鮮度がいい方がおいしいことは頭では理解していたが、こうして実際に味わってみると、それがはっきりわかる。ほんのちょっとした風味や歯触りの違いだが、新鮮なものは味が濁っていない。その野菜独自の瑞々しい風味が、さわやかに際立っている。

「野菜もせっかく味わうなら、鮮度が高いうちにおいしくいただかなくちゃ」

試食をしながら先生の言葉を聞くと、深く納得できる。買いすぎた野菜をもて余さないように、先生はその野菜のいろんな活かし方を教えてくれる。靖子先生は、食材

をほんとうに大事に思っているのだ。

今日のレシピの中で、生徒さんたちにとくに喜ばれたのは、だしと甘酢。だしというのは山形の郷土料理で、きゅうりのほか茄子《なす》や大葉、オクラ、ミョウガといった夏野菜を細かく刻み、醤油で混ぜたものだ。今回は白ご飯に載せて食べたが、豆腐や卵焼きに載せてもいいし、納豆に混ぜたりそうめんの具にしてもいい。材料はあるもので適当に作ればいいから簡単だし、食欲のない時に活躍しそうな一品だ。

甘酢についても、これをベースにした料理の展開を教えてもらった。酢の物、甘酢漬けや甘酢あん、ねぎソースなどの味のベースとして手軽に使えるのはとてもいい。

「市販のより味がまろやかですね。これならすっぱいのが苦手なうちの息子でも、食べられそうだわ」

「いろいろ応用が利くのはすばらしいですね。私も帰ったら作り置きしよう」

みんなが口々にそう言う。主婦の方たちには、単独のレシピよりも、こうしたいろいろなものにアレンジできるものが好評だ。私自身も、家に帰ったらこれを作ってみよう、と思っていた。

試食が終わって、使った食器を洗うとみんなは三々五々、帰り支度を始める。

「帰り道、気をつけてくださいね」

　先生はいつものように、にこにこ笑顔を浮かべながら生徒たちを送り出す。三時間近くの授業の間、先生は背筋をぴんとまっすぐにして、きびきびと動いている。その若々しい姿は、半分銀色に染まったショートカットの髪を見なければ、六十歳という年齢を感じさせない。

「ありがとうございました」

　そう言ってみんなは帰っていったが、ひとり瀬川さんだけがもじもじとした様子で部屋の隅に残っている。

　ああ、先ほどの件だな、と思った私は、瀬川さんに話し掛けてみた。

「どうなさったんですか？」

「あの、私、先生に聞いていただきたいことがあって。先生は謎解きがお得意なんですよね」

　瀬川さんは切羽詰まったような、真剣な顔をしている。

「得意だなんてとんでもない。誰がそんなことを言ったのかしら」

　隣りで聞いていた靖子先生は即座に否定するが、

「先生はとても勘がいいから、表には出ないことも見抜けるんですよ。それを謎解きと言えばそうかもしれません」

と、私は解説する。実際、先生はいままでに料理教室の生徒の持ち込んだ謎をいくつも解決している。生徒さんたちの間では、靖子先生はホームズみたいな名探偵だという噂が広がっているらしい。もっとも、靖子先生自身はそう思われるのはお好きではないみたいで、その話に自分から触れることはない。

「あの、だったら、私の話を聞いていただけませんか。……その、誰に相談すればいいのか、わからなくて」

いつも明るくてさばさばしている瀬川さんが、思い悩んだという声で訴える。その切実さに打たれたのか、靖子先生は、

「お力になれるかどうかわからないけど」

と返事した。瀬川さんの顔がほっとしたように緩む。

「それで、どんなお話なんですか？」

「その……自転車のことなんです」

「自転車？」

「優希さんの乗っているのと同じタイプの自転車なんですけど、……実は私も同じ自転車に乗っているんです」

「それは、何か特別な仕様の自転車なんですか？」

「いえ、そういうわけじゃないです。ハンドルの形がちょっと変わってますが、それ以外はふつうの赤い自転車です」

　思わず私が口を挟む。私の乗ってる自転車は大手メーカーの量産品だ。二年前に、駅前の自転車屋のバーゲンで手に入れた。だから、この界隈で同じ自転車に乗る人がいても不思議ではない。

「えっと、どこからお話ししたらいいのか」

　瀬川さんはもどかしそうな顔をしている。頭の中で、うまく話がまとまっていないらしい。

「うまく説明しようとしなくてもいいんですよ。時系列に沿ってお話ししてくださればば。そうすれば、ちゃんと伝わりますから」

　靖子先生が諭すように言う。

「そうですね。最初は、駅前の自転車置き場でのことでした」

　瀬川さんは市の北部に住んでいる。駅までは歩くと二十分以上かかる。それで、週三日のパートに出る時は、駅の高架下にある月極《ぎ》めの駐輪場に置くことにしていた。利用料はひと月千五百円なので、バスを利用するより安いのだ。駐輪場は駅周辺にあちこちあるが、駅の高架下のよい場所は激戦区だ。なかなか空きは出ないが、瀬川さんの場合は四年前にそこがオープンした時に申請したので、よい場所をキープできていた。

三週間ほど前のその日は、いつもより瀬川さんの帰りは遅かった。パート先でトラブルがあって、急に残業することになったからだ。そのことに腹を立てて、周囲にあまり注意を払わずに自転車のところまでたどり着いた。習慣的に手に持っていたバッグを前籠に放り入れ、後部車輪の鍵を開けようとした。

しかし、鍵は引っ掛かったように動かず、いつものようにすらりと鍵穴に入ってはいかない。

あれ、どうしたんだろう。

力任せに鍵を鍵穴に押し込んだが、そこで止まってまわすことができない。二、三度試して、瀬川さんはようやくおかしいことに気がついた。

その自転車は色もハンドルの形も同じだが、前籠に防犯ネットが取り付けられていない。それに、長男の小学校のＰＴＡに頼まれて取り付けた「第一小学校ＰＴＡ　パトロール中」という札もない。そのかわり、荷台のところに見慣れない青いバンダナのようなものが、目印のように巻きつけられていた。

間違えた。同じ車種だけど、これは私のじゃない。

周りを見回すと、そこからほんの一メートルほど離れた場所に同じ赤い自転車がある。前籠には防犯ネット、後ろの籠にはＰＴＡの札が確かに取り付けられている。

しまった、こっちだ。

慌ててそちらに戻って鍵を差し込む。今度はなめらかに奥まで入り、がちゃっと鍵がはずれた。そして、それに乗って自宅に帰った。

「でも、それからなんとなくその自転車のことが気になるようになったんです。自分の自転車と同じタイプのものに会うって意外とないでしょ。どんな人が乗っているんだろう、と思って」

その駐輪場の定期利用者は、いつも決められた番号のところに自転車を置く。瀬川さんの自転車は二一二番で、赤い自転車は二〇七番だ。ほんの五台分しか離れていないので、ちょっと左手を見ればその自転車が目に入る。自分のだけでなく赤い自転車の番号まで覚えてしまったのは、瀬川さんのマンションの部屋番号と同じだからだ。

「だけど不思議なことに、いつ行っても、その自転車はそこに置いてあるんですよ」

朝も帰りもそこに自転車はある。パートのない日、都心に出ようとして午後の早い時間に自転車置き場に来た時でも、赤い自転車はそこにある。ほかの地区に住む人が、駅から職場まで利用する、というわけでもないらしい。

「最初にその自転車に気づいたのはいつ頃ですか？」

先生が質問する。

「七月の後半、三週間くらい前だったと思います」

「じゃあ、まだひと月経っていないのね」

「ええ、そうなんですけど」

「あの、もしかして、瀬川さんより朝早く来て、帰りも瀬川さんより遅いのかもしれません」

横から私が口を挟む。これはどうしても確認しておきたいことだった。

「それは私も考えたんです。だけど、ある晩、自転車置き場の横を通り掛かったんです。その日は息子の保育園時代のママ友の集まりで、駅前の居酒屋で飲み会だったんです。久しぶりで話がはずんだし、子どもたちは夏休み中だから油断して、気づいたらもうお店の閉店の時間。一時をまわっていたんです」

終電も行ってしまった時間だが、地元の人間ばかりだから、電車に乗って帰る人もいない。近くに住んでいる友人と駅前に待機しているタクシーに乗って帰ることにした。そうして、帰る途中、タクシーの中から何気なく駐輪場を見た。すると、まばらに自転車が残っている中に、あの赤い自転車がいつもの場所に置かれているではないか。

「思わず、じっと見てしまいました。あの自転車、もしかしたらずっと置きっぱなしになっているのかしら、って」

その後、横浜までライブを観に行って終電帰りになった娘を迎えに行った時も、ぽつんと取り残された赤い自転車を見た。置きっぱなしになっているとしか思えないのだが、気をつけて見ていると、前日あった泥はねが翌日は拭き取られていたり、バンダナの結び方が変わっていたりと、誰かが触れた気配がある。

「いつ、誰がこの自転車に乗っているんだろうと不思議でした」

瀬川さんがひと息ついたと見て、靖子先生はグラスを三人分用意し、冷蔵庫から出した麦茶を注ぎ込んだ。

「ありがとうございます」

冷たい麦茶を一気にグラスの半分ほど飲み干すと、瀬川さんは落ち着いたのか靖子先生に微笑み掛けた。

「お聞きになりたいのは、そのことだったんですか?」

「いえ、それだけなら、先生にご相談するほどのことではなかったんですけど……」

つい昨日のことでした、と瀬川さんが話を続けた。

駅前のスーパーに行こうとして自転車に乗って自宅を出た直後、曲がり角の先でガちゃんと何かがぶつかる音がした。続いて「あっ」という大きな声と「ごめんなさい」と謝る女性の声。何かあったのだろうかと気になって、急いで角を曲がると、そこで高齢の女性が尻餅をついている。傍には女性が持っていたらしいバッグが落ちていた。

「お怪我はありませんか？」

自転車を降りて停め、バッグを拾って女性に手渡した。顔を見ると、女性がすぐ近所の二世帯住宅に住む、遠藤《えんどう》さんちのおばあさんだと気がついた。孫の将太《しょうた》くんは、息子と同級生である。

「何かぶつかったんじゃないですか。大きな音が聞こえましたよ」

重ねて尋ねると、

「私は大丈夫です。ぶつかったのは、自転車の方ですから」

そうして、遠藤さんのおばあさんは状況を説明した。

買い物へ行こうと道の端を歩いていると、角の向こうからすごい勢いで走ってきた自転車に、出会いがしらにぶつかりそうになった。慌てて飛びのいたが、その勢いで転んでしまった。自転車の方もよけようとしてハンドル操作を誤ったのか、電柱に激突した。足に鋭い痛みを感じてうつむいていると、頭の上から「大丈夫ですか？　お怪我はありませんか？」という女性の声がした。とっさに遠藤さんが「大丈夫です」と答えると、「よかった」と言って、相手は安心したようにそのまま走り去った。

「びっくりして、腰が抜けたようになっているところに、あなたが来てくださったんですよ」

ぶつかりそうになったという自転車は、もう影も形も見えなかった。

「そうでしたか。……立てますか？」

「転んだ時、打ち所が悪かったみたいで。……ちょっと手を貸していただけますか？」

「はい、いいですよ」

遠藤さんは差し出された手を握って、立ち上がろうとしたが「いたた」と、座り込んでしまった。

「どこか痛いんですか？」

「左足が……」

元気に見えるが、遠藤さんの年齢は八十歳を超えている。ちょっとした衝撃でも、大怪我をしかねない。

「痛むんでしたら、すぐにお医者さんに診てもらった方がいいですよ。すぐ先の、大通りに出る角のところにお医者さんがありましたよね。そこに行ってみますか？」

タクシーを呼ぶことも考えたが、その病院はふつうに歩けばわずか三分ほどの距離だ。ゆっくり歩いても、タクシーを待つより早く病院に着いてしまうだろう。

「そうですね、嫌な痛みなので、これはお医者さんに行かないと……。申し訳ないですけど、連れて行ってくださいませんか。ひとりでは歩くのがたいへんそうなので」

それで、遠藤さんに肩を貸してゆっくりと立ち上がらせた。それから、一歩、二歩と歩き出す。左足を地面につけるたびに、遠藤さんは痛そうに顔をゆがめる。やはり、転んだ拍子にどこか痛めたのだろう。ふだんは三分で行ける距離を倍以上の時間を掛け、ようやく大通りの外科に着いた。そこから遠藤さんの自宅へ電話すると、五分と経たないうちに近くに住む家族が飛んで来た。

「それで、私はご家族にあとをお願いして病院を出たんですけど、なんだか気持ちがもやもやして」

瀬川さんは話を続ける。

おばあさんが転んでいるというのに、怪我をしていないかろくに確かめもせず、走り去った自転車。当て逃げではないけど、転ばせてしまったのだから自転車に乗っていた方にも罪はある。お年寄りの怪我は、若い人のそれに比べてずっと深刻だ。ささいなことで骨折するし、回復も遅い。動けなくなったことがきっかけで寝たきりになったり、認知症を発症することだってあるのだ。

「うちの母が骨折した時、本人も周りもすごくたいへんな思いをしましてね。それで少し腹が立って、犯人を見つけてやろうと思ったんです」

遠藤さんは相手のことはあまり覚えていなかった。ぶつかりそうになった自転車のことは、赤い自転車という以外は印象にない。びっくりして、相手を観察するどころではなかったらしい。乗っていた女性の年齢や容姿も判然としない。

「あ、だけどひとつだけ覚えていることが」

一生懸命尋ねる瀬川さんに悪いと思ったのか、遠藤さんは最後にこう付け加えた。

「向こうが走り去るのをぼんやり見ていたんですけど、後姿の荷台に、何か青いハンカチのようなものがひらひらしていたんですよ。それは印象に残っています」

それで、ぴんと来た。

赤い自転車、荷台に青いハンカチのようなもの。

それはまさに二〇七番の自転車のことではないか。犯人はその持ち主だ。すぐに自転車置き場に行ってみよう、と思った。

おばあさんと自転車がぶつかりそうになって、まだ二十分も経っていない。自転車は駅と反対方向に走り去ったというから、そう簡単には戻って来られないはずだ。もしいつもの場所にあの自転車がなければ、誰かがそれを乗り回し、遠藤さんのおばあさんにぶつかりそうになったのだ、と考えられる。

しかし、瀬川さんが自転車置き場に駆けつけると、予想に反して自転車はそこにあった。まるで一歩も外に出たことがないかのように、自転車はその場の景色に溶け込んでいる。

「やっぱりこの自転車なのかな。だけど、私の先回りをするようにここに戻ってくるなんて、できるものかしら」

瀬川さんはしばらくその場に立ち尽くしていたが、誰も来る気配はない。あきらめてそのまま帰宅した。

「それで赤い自転車がやたら気になってしまって……。今日見たら、優希さんの自転車も同じタイプだし、青いバンダナではないけど、荷台のところに青い荷綱がついていたものですから、それであんな質問をしてしまって。ほんとうにすみません」

「仕方ないですよ。そういうことがあったら、いろいろ勘ぐってしまいますものね」

瀬川さんは申し訳なさそうにしているが、気にするほどのことではないのに、と思う。

「それで、おばあさんのご様子はどうだったんですか?」

それまで黙っていた靖子先生が、瀬川さんに尋ねた。

「はい、夜になって遠藤さんのご家族の方が菓子折りを持って訪ねてくださって、状況を説明してくれました。やっぱり足の親指の付け根のところが折れていたそうです。倒れる時、へんなふうに力が掛かったみたいで」

「ああ、そうでしたか。お気の毒に」

「ご家族と同居されているので日常のことは不自由ないのですが、これで筋力が落ちないといいけど、とお医者さんに言われたそうです。お年寄りが動かなくなると、老化が進みますから」

「ほんとにね。お年寄りはいくら気をつけても、気をつけすぎることはないですもの。私も介護していた経験があるから、ご家族のご苦労は想像できます」

靖子先生の言葉に、私はあれっと思った。靖子先生が自分のことを話すのは珍しい。以前伺ったお話では、親と同居していた時期はなかったようだ。同居ではなく、関西のご実家まで介護のために通っていたのだろうか。

「だけど、ちょうど夏休みですから、小学五年のお孫さんが通院の時に付き添ってくれるそうですよ」

「あらまあ、なんてやさしいお孫さん。おばあちゃんもお幸せですね」

「私もそう言ったんですよ。そうしたら親御さんは、同じくらい熱心に勉強してくればいいけど、なんて謙遜されてましたけど」

「まだ小学生なら、勉強より、遊んだり、お手伝いすることの方が大事ですよ」

靖子先生が言うと、瀬川さんは首を振った。

「いえいえ、同じ小学生でも、私立中学を受験するお子さんはたいへんですよ。この辺は中学受験する子も多いですからねえ。そういうお子さんは夏休みが勝負なんですって。トップクラスのお子さんは、わざわざお茶の水でやる塾の特別講習を受けに行ったりするそうですよ」

「それはたいへんですね」

「そういう子に比べると、うちも、遠藤さんのところも受験させる気はないし、本人たちもおっとりしすぎなんじゃないか、と思うんですよ」

「子どものうちは、おっとりしている方がいいですよ。そういうお子さんの方が後伸びするでしょうし」

「そうだといいですけどねえ」

瀬川さんは息子のことに思いを馳せたのか、やさしい目になった。すっかりおかあさんの顔になっている。

「それはともかく、問題は自転車ですね。瀬川さんの自転車、優希さんの自転車、駐輪場の自転車、それにおばあさんにぶつかりそうになった自転車。同じ車種だとしたら、四台は多すぎますね。こんな狭い範囲で偶然集まったのなら、三台くらいが限界じゃないかしら」

靖子先生の言葉は、誰かに伝えるというより、自分の考えをまとめるために語っているようだ。頭の中でいろいろな可能性を探っているのだろう。

「三台が限界……」

「やっぱり駐輪場の自転車の乗り手を確かめたいですね。それがわかればすべて解決するでしょう」

先生は迷いを振り切るようなきっぱりとした口調で言う。

「そうなんですよ。だけど、いつも自転車はあそこにあるし、いつその持ち主が現れるかわからないし、どうすればいいのか……」

「いつもそこにあるように見えても、実はそうでないかもしれないわ」

先生が謎めいたことを言う。

「どういうことでしょう?」

「目に見えるものごとはほんの少し。一見、新鮮に見えているきゅうりでも、中が白っぽくて水気が足りないということもあるでしょう。ちゃんと触ったり、匂いを嗅いだりして確かめないとね」

先生の言葉はますます抽象的だ。私がどう返事をしたらいいか戸惑っていると、先生はそれを察したように、にこっと笑った。

「ともかく、現場に行ってみましょうか」

「えっ、いまからですか?」

「なにごとも、現場にはヒントが隠されているものよ。その事故があったのは、昨日の何時頃だったんですか?」

「えっと……そうそう、四時になるちょっと前でした。お医者さんに着いた時、鳩時計がちょうど鳴り出しましたから」

「いまは三時二十分だから……すぐに支度をして出れば、ちょうどいいくらいの時刻ね」

ちょうどいいというのがどういうことかわからなかったが、先生がそう言うので、エプロンを外して三人で出掛けることにした。

「私も、自転車で行くことにするわ」

先生はそう言って、物置の中に入れてあった黒い電動自転車を出してきた。

「先生、自転車を持っていたんですね」

先生が自転車で動き回るというイメージはあまりなかったので、ちょっと驚いた。しかも、電動の最新型である。メカ音痴の先生にしては意外に思えた。

「この辺に住んでいたら、自転車は必需品よ。もう年が年だから、坂を上るのは電動じゃないと辛いから」

そうして、瀬川さんを先頭に、先生そして私と一列に並んで走り出した。坂に掛かると、私は自転車から降りて引いて上ったが、瀬川さんと電動自転車に乗っている先生はすいすいと上って、一番上のところで私を待っていた。

「すみません」

ようやく追いつくと、私は待たせたふたりに言う。重い自転車を引いて上ったので、少し息があがっている。まだ日射しが強いので、身体中から汗がふき出ている。

「瀬川さん、すごいですね。電動でもないのに、この坂を上りきるなんて」

「坂は毎日のように上り下りしてるので。慣れですよ」

瀬川さんはことともなげに言うが、これは体力がある証拠だ。よく日に焼けているのは、アウトドアで鍛えているからなのだろう。

「じゃあ、行きましょうか」

再び瀬川さんが先頭に立ち、先生、私の順で走っていく。

目的の場所に着いたのは、それから十分近く経ってからだ。表通りから一本裏手に入った道で、車二台すれ違うのがやっとというくらいの狭さだが、まっすぐなので先の方まで見通せる。あたりは閑静な住宅街だ。バブル前に開発されたので、一戸あたりの面積が五十坪を超える家も多い。

「ここです」

と、瀬川さんが示したのは、表通りに通じる道と交差する直前の、電信柱のあたりだった。角のところは道路沿いに高い塀が建っているので、見通しが悪い。

「遠藤さんのおばあさんは、左手の道からこの通りに出たところで自転車に遭遇したんです」

「出会いがしらの事故ってことですね。自転車に乗っている側からすると、脇道から急におばあさんが飛び出してきたように見えたのね」

先生は納得したように何度もうなずいている。

「一方で、おばあさんからすれば自転車の方が急に出てきたように見えたのでしょう。車と違って、自転車は近づいてくる音がほとんどしないから」

私自身も何度かひやりとしたことがある。狭い道が多いと、自転車はほんとうに危ない。

「優希さん、ちょっとここに自転車を持ってきて」

先生に言われて自転車を電信柱のすぐ横につける。

「やっぱりこれがぶつかった痕ね。ちょうどハンドルの高さにあるし」

先生が電信柱についた、こすったような痕を示す。

「コンクリートの柱にもこうして痕が残るくらいだから、自転車の方にも痕跡が残ったでしょうね」

「じゃあ、その痕があれば、事故にあったという証拠になるんですね」

私が言うと、先生は『そういうこと』と言うように、うなずいた。

「瀬川さんのおたくはここから近いんですよね」

「ええ、ほんの二分くらい」

「じゃあ、これから来る人の顔を見れば、誰かわかりますよね」

「それは……近所の人が犯人だってことですか」

「そうだと思います」

それを聞いた瀬川さんは眉を顰めた。知った人が犯人だというのは、気分のよいものではないのだろう。

「先生は、その犯人がいまからここを通ると思っているんですね？」

これは、私の質問だ。

「ええ、その通り。たぶん昨日と同じくらいの時間になるはず。だけど、瀬川さんが知った人だとわかっても、相手にそれを伝えないでくださいね」

「どうしてですか？　私は犯人をちゃんとみつけて、遠藤さんに謝らせたいんです。骨折の原因を作ったんですから」

スポーツウーマンの瀬川さんは正義感が強く、はっきりした性格だ。うやむやになるのは嫌なのだろう。

「それはもちろんです。だけど、いまはそれを確認するだけにしましょう。路上で揉めると人目につきますし、無用なトラブルは避けたいですから」

「わかりました」

瀬川さんは十分納得してはいないようだったが、先生の言葉にうなずいた。

「いま、何時ですか？」

「三時五十分です」

「じゃあ、そろそろかしら」

そう言ってるところに、自転車が姿を現した。赤い自転車と、それに乗ってる若い女性。

近づいてくる自転車を、瀬川さんは目を凝らして見ていたが、相手の顔がはっきりわかると、あっと驚いたような顔になった。相手は瀬川さんを見つけると、一旦停まって、

「こんにちは」

と、明るい声で挨拶した。乗ってるのは若い女性、いや、女性というよりまだ子どもだ。眼鏡を掛けた賢そうな女の子で、着ているものはジーンズに白いカットソーと、あまりしゃれっ気もない。前籠には、白と青のボーダーの大きなトートバッグを入れている。

私はハンドルのところを注意して見た。左の方に何かにこすったような白い痕がくっきりあった。荷台を見ると、青いバンダナがくくりつけてある。やはり、この自転車で間違いない。私は先生の方を向いた。先生もそこに気づいたらしい。私の目を見て、こっくりとうなずいた。瀬川さんが「こんにちは、お出掛けだったの?」と、尋

ねると、「はい、塾の帰りです」と素直に答える。そうして「母が待ってますので、失礼します」と、軽くお辞儀をすると、そのまま自転車を漕ぎ始めた。二十メートルほど行くと、自転車は左手に折れて見えなくなった。

「瀬川さん、知った人だったんですね？」

「ええ、あれは……息子の上級生で、一年上の清水望音《しみずもね》ちゃんです」

「だとすると、まだ小学生ですか？」

私はびっくりした。理知的な顔だちだったし、すらりとしているので、そこまで幼いとは思わなかった。

「ええ、六年生です。近所でも秀才と評判で、中学受験でも女子の御三家を狙っているそうですよ」

「その子の家もわかるんですね？」

私が尋ねると、「ええ」と、瀬川さんは軽くうなずく。

「その先の、司法書士の事務所を構えているおうちです」

「だったら、これからそこに行きましょう」

私が言うと、先生が、

「もうちょっと待って。まだ確かめたいことがあるから」

と、私たちを止める。

「なんですか？　確かめたいことって」

「私の想像が間違っていなければ、もう一度赤い自転車が通り掛かるはず」

「自転車が戻ってくるっていうんですか？」

「ええ、そうよ」

先生は自信ありげな様子だ。

「それはどうして？」

「まあ、様子をみることにしましょう」


そうして、私たちがそこで待っていると、五分もしないうちにまた赤い自転車が戻ってきた。しかし、乗っているのは先ほどの望音という女の子ではなかった。もっと年かさの、五十歳くらいの女性である。痩せた小柄な女性で、短い髪にゆるくパーマを掛けている。女性は疲れたような顔でゆっくりと自転車を漕ぎながら、私たちの前を黙って通りすぎていった。

「ほんとに、戻ってきましたね」

女性の背中が遠く、小さくなるのを見ながら、瀬川さんがつぶやいた。自転車の荷台には、目印のような青いバンダナがひらひらしている。

「あれがどなたかご存じかしら？」

　先生が瀬川さんに尋ねる。

「確か……清水さんの家で昔から働いているお手伝いさんだと思います。あの家は奥さんもいっしょにお仕事をされているから、平日は通いのお手伝いさんを頼んでいるんです」

「じゃあ、あの自転車の持ち主は？」

　私が問うと、先生が答える。

「あのお手伝いさんで間違いないでしょう。ご自宅はどこか別の駅にあって、仕事のためにこちらの駅まで通っている。だけど、駅からここまでは距離があるので、自転車を使って往復する。だから、夜は駅に置きっぱなしだったのでしょう」

「夜はそうだとしても、昼間にも自転車置き場にあったというのは？」

「同じ自転車を、望音さんというお嬢さんも使っていたんですよ」

「と言うと？」

「朝、駅からお手伝いさんが清水家まで乗ってくる。それを受け取って、望音さんが駅まで走らせる。そこから別の駅にある塾に向かう。それで、昼間は駐輪場に置きっぱなしだったのでしょう。そして、夕方戻ってきた望音さんが、駅から自転車に乗って帰宅する。それを受け取ってお手伝いさんが駅に向かう、そういうことだったのではないかしら」

「つまり、同じ自転車を使って、ふたりの人が駅まで行ったり来たりしていたってことですか？」

瀬川さんが確認する。

「そうです。自転車が駐輪場から離れているのは、一日のうち朝と夕の二回。おそらく一時間にも満たなかったのでしょう。それは、瀬川さんが駐輪場に行く時間帯とは少しずれていた。それで、瀬川さんにはいつも自転車が駐輪場にあるように見えたんじゃないでしょうか」

「ああ、なるほど。そういうこととは気づきませんでした」

瀬川さんは納得したような声を上げる。私も、先生の推理に感心して、ただうなずくばかりだ。

「でも、どうしてそんなことを？　清水さんのおうちは裕福だし、駐輪場代を出し惜しむような家ではないのに」

「望音さんが駅を使うのは、おそらく期間限定なんでしょうね。だから、わざわざ申請して駐輪場を借りるのも手間だということなんでしょう。それに、借りるとしても駅に近い駐輪場はいっぱいだから、もっと遠いところになる。だったら、一台の自転車を使えばいいいって思いついたんじゃないかしら」

「期間限定とは？」

「つまり夏期講習を受ける間だけ、ってこと」

「あっ、そうでした。望音ちゃんは夏の間だけ、お茶の水の塾に通ってるという話でした」

瀬川さんはそれで完全に納得したようだった。私の方はまだ疑問が残っている。

「どうして先生は夏期講習だってわかったんですか？」

「瀬川さんが自転車のことを気になりだしたのが、七月後半だと聞いたからです。瀬川さんはもう四年も駐輪場に通っているんですから、同じ車種の自転車がすぐ傍にあるのにずっと気づかなかったのは不自然でしょう？　どうしてだろうと考えたら、七月前半より前、つまり夏休みに入る以前は、瀬川さんが利用する時間帯に自転車はそこになかったんだろうと思ったんです」

「確かに。そう考えれば納得できます」

瀬川さんが大きな声を出した。

「自分でも、どうして今まで赤い自転車が目に入らなかったか、って不思議だったんですよ」

私も納得した。さすが靖子先生だ。私は勢い込んで先生に尋ねた。

「それで、どうしますか？　これから、望音さん本人に確認に行きますか？」

先生は一瞬考え込むような表情になったが、すぐに冷静な声で答えた。

「いいえ、みんなで押しかけるのはやめましょう」

「どうしてですか？」

「相手は子どもですから。どやどやとおとな三人で押しかけて責めるのは、気の毒な気がしませんか？」

言われてみれば、その通りだ。それはおとなげないやり方だ。

「遠藤さんのおばあさんが怪我をしたことは、本人は気づいてないのでしょう。遠藤さんも『大丈夫』って言ってしまったみたいだし。おそらく望音さんは時間通り帰宅することばかりに気を取られていたのでしょう。だから、悪気はないんだと思います。あとのフォローはおざなりになっていますが、子どもですし、そこまで気が回らなかったとしても仕方ないですね」

「そうですね。相手が子どもでは……」

瀬川さんは仕方ない、という顔をしている。

「そうは言っても、遠藤さんのことを望音さん本人にまったく知らせないのはよくないと思います。実際に怪我はされているのだし、その原因を作ったのですから」

そう私が言うと、先生が私の目を見て説明した。

「その通りよね。私も本人に伝えた方がいいと思うけど、問題はその伝え方。それを間違えると、逆にこちらが悪く思われてしまいますから。……私たちはまだいいけど、瀬川さんはご近所に住んでいらっしゃるから、それで揉めると、後々困ることになるかもしれませんし」

それを聞いて、私は初めてことの難しさに気がついた。確たる証拠もないし、事故の瞬間を目撃していたわけでもない。望音さん本人はともかく、相手の親はどう思うだろうか。こちらの言いがかりだと思うかもしれないし、娘かわいさに、こちらの言うことには耳を貸さないかもしれない。先生はそれを危惧しているのだ。

面倒なことになった。ことを荒立てるより、気づかないふりをして、黙っていた方が賢明なのだろうか。

「そうですね、私たちからは伝えない方がいいですね」

瀬川さんは大きく息を吐いた。

「じゃあ、黙っていることにしますか？」

靖子先生が尋ねる。

「いいえ、子どものことは子どもにまかせましょう」

瀬川さんはきっぱりした口調で言った。

「と言うと？」

「うちの子が……上の娘なんですけど、この地区の子どもバレーボール部のコーチをしているんです。望音ちゃんも受験に本腰を入れるまではそこに所属してましたから、お互いよく知っています。うちの娘の方から伝えてもらうことにします」

「確かに、私たちが言うよりは素直に聞いてもらえそうですけど……瀬川さんのお嬢さんはそんな面倒なことを引き受けてくれるのかしら」

先生が心配そうに尋ねる。私も同じ思いだ。

「たぶん、大丈夫です。娘は曲がったことが嫌いだし、そういうことを嫌がる子ではないんです。事情を話せば協力してくれると思います」

それを聞いても、私はまだ不安げな顔をしていたのだろう。瀬川さんは私を安心させるように微笑みかける。

「もしこれがうちの子がやったことなら、親の立場としてはそれをちゃんと指摘してもらいたいと思うんです。自転車も時には凶器になる。それが本人の身に沁みるでしょうし、やってしまったことは隠し通せない、それを知るいい機会になるでしょうから。……清水さんのお嬢さんにも、教えてあげる方が本人のためになる、それはうちの娘も理解してくれると思います」

「それでは、おまかせしても大丈夫でしょうか？」

改めて先生が尋ねると、

「はい、まかせてください。娘が本人に話してそれでもダメだったら、またご相談すると思いますが、実はうちの娘、教職志望なんですよ。これもそのための修業だと言えば、きっとうまくやってくれると思います。あとでお礼に、アイドルのＣＤ代くらいはせびられるかもしれませんけど」

瀬川さんは照れくさそうに目を細めて笑った。だけど、その目は娘への信頼に満ちていた。

「昨夜、きゅうりの酢の物、作ってみました。おいしかったです」

その翌週、次の教室の打ち合わせで靖子先生に会った時、私はそう報告をした。

「甘酢漬けを作り置きしてあったので、三分でできました」

「それはよかったわ」

「ほんとは、今までは市販のすし酢を使っていたんです。すし酢にきゅうりとカットわかめとしらすを混ぜて。それでもうまくできていたんですけど、手作りの甘酢で作った方がやっぱりいいな、と思いました」

すし酢は自分の好みよりちょっと甘い。先生のレシピの方がすっきりした味だった。

「そう思われたのならよかったわ。市販のものはうまく味付けされているけど、何が入っているかわからないし、自分で作った方が安上がりだし。それに、味が同じだとしても、自分でそれを作った方が充足感があるでしょう？」

「充足感？」

「そう。料理をするのに大事なこと。ただ作ったっていうんじゃなく、作る過程そのものを楽しんだり、充足感を持てたりしたら、料理をもっと好きになれるでしょう？毎日やることですもの、そうなった方が楽しいじゃない」

「そうですね。ただ品数を用意すればいいってもんじゃないですもんね」

先生の言うことはよくわかる。漫然とやるより、教室で習ったことを思い出しながら、おいしく作ろうとして作業した方が断然楽しい。

「きゅうりも近所の直売所に買いに行ったんです。スーパーでなんとなく買うより、わくわくしました」

「そう、料理に大事なのは、そのわくわく。わくわくがあれば、面倒とか思わず、楽しく料理できるでしょう」

先生は花のように明るく笑う。いくつになっても、どれだけ料理を作っても、先生はまだ料理を作る時嬉しそうだ。日々わくわくを感じているのかもしれない。

「新鮮なきゅうりってやっぱりおいしいですね。いままできゅうりはしばらく置いても見掛けがそんなに変わらないし、皮に包まれているから味も落ちないと思ってましたけど、そうじゃないんだな、ってわかりました」

「そうなのよ。野菜は新鮮なのがいちばん。ナマはもちろんだけど、料理をするにしても鮮度が落ちると味のしみ方とかも変わってくるのよ。料理もタイミングが大事なの」

「タイミング……」

「そう言えば、この前の自転車事故の話だけど」

先生は、ふと思い出したように、切り出した。

「あ、あの件、どうなりました？」

「あの日すぐに瀬川さんのお嬢さんが清水さんの家に訪ねて行って、話をされたそうよ。瀬川さんのお嬢さん、高校時代は国体にも出場するような有名なバレーボール選手だったんですって。だから、バレーをやっていた望音さんからすれば尊敬する大先輩。そういう人に言われたことだから、素直に聞いてくれたそうです」

「なるほど、小さい頃からの繋がりの影響は大きいんですね」

そう言えば瀬川さん自身もママさんバレーの選手で、すらりとした長身だ。そのお嬢さんも、親ゆずりのスポーツウーマンなのだろう。

「瀬川さんのお嬢さんからアドバイスがあったのか、望音さんは親にもちゃんと打ち明けて、親子で遠藤さんのおたくに謝りに行ったんですって」

自分から謝罪に出向いたのがよかったのか、相手が孫と同じくらいの年頃だったからなのか、おばあさんはすぐに謝罪を受け入れ、清水家で用意した見舞金も受け取らなかったという。

「そのかわり、退屈しているから時々見舞いに来てくれ、と頼まれたそうよ。それで、望音さんは勉強の合間を縫って、毎日のように通っているんですって」

「毎日！　望音さんはきっとすごく反省したんですね」

私もなんだか重い荷物を下ろしたような気持ちになった。いまどきは自分や自分の子どもの非を認めたがらない親も多いから、どうなるだろう、と案じていたのだ。瀬川さん親子の善意が悪くとられたとしたら、こちらも寝覚めが悪い。

「実は、望音さんはお手伝いさんから自転車を借りていたことを、親御さんに内緒にしていたんですって。運動になるから駅までくらい歩きなさいって言われていたそうよ。それで望音さんは母親の仕事が終わる四時までに戻ってこなきゃ、と毎日すごいスピードで飛ばしていたんですって」

「ああ、そういうことだったんですね。でも、それだったら、望音さんは二重に叱られたんじゃないですか？」

「その点は親御さんも反省していたそうよ。これについては、ちょっと厳しくしすぎたかもしれないって」

「そうでしたか。それはよかった」

毎日夏期講習に通うだけでもたいへんなのに、暑い中を駅まで二十分も歩けと言われたら、私でもめげる。こっそり自転車を借りようとした望音という女の子の気持ちもわかる。

「伝えた人がよかったのね。それに、伝えるタイミングも。小学六年生だからちゃんと理解できるし、年上の人の言うことを素直に聞けたのね。これが中学生になっていたら、反抗したかもしれないけど」

「ほんとに、よいタイミングでしたね」

「ちゃんとしつけるべき時期におとなが注意を払っていれば、子どものこころも育ちますから。料理も子育てもタイミングが大事。きゅうりだって、しなびてからではおいしいサラダは作れませんからね」

なんでも料理に結び付けて考えるのは、靖子先生の癖だ。きゅうりと子育てを同列で語るのはどうかと思うが、そういうところが先生らしい。

「なにはともあれ、一件落着ね。気持ちよく終わってよかったわ。ところで来月はなんの料理にしましょうか。九月はまだ暑いから、夏野菜がいいわね。優希さん、何か扱いたい食材はありますか？」

先生はわくわくする気持ちを抑えられないという顔で私に尋ねる。料理するだけでなく、レシピについて考えるのも先生は大好きなのだ。

料理がうまいからそうなのか、日々わくわくしながら作るから料理が上手なのか。きっとその両方なのだろう。

先生にはほんとうにかなわないなあ、と私は思っていた。

ズッキーニは思い出す

ズッキーニを焼く香りがぷうんと部屋中に流れる。野菜から出る水気でぱちぱちとオリーブオイルが爆《は》ぜる。

「少し焼き色がついた方がおいしそうだけど、焼きすぎないように気をつけてね」

靖子先生がテーブルの間を歩きながら、料理教室の生徒たちに注意する。

「そうそう、牧《まき》さん、おいしそうに仕上がりましたね」

先生が褒めた牧麻美《あさみ》さんは、初めて参加する生徒さんだ。二十代後半の主婦で、ボブの髪型が似合う理知的な美人だ。会社勤めをつい最近辞めたばかりだという。そのせいか、ほかの主婦の人たちとどこか雰囲気が違う。有能そうで、自分をしっかり持っている感じがする。主婦というよりキャリアウーマンの方が似合うイメージだ。見かけどおり牧さんは手際よく次々と料理を仕上げている。今日のメンバーは八人。牧さん以外は常連さんばかりで、牧さんが唯一の初参加者だが、戸惑ったり、臆したりはしていない。

「さあ、完成したらお皿に盛って、テーブルの方に持って行ってくださいね」

生徒たちは、それぞれお盆を使って、食堂のテーブルに自分の料理を運ぶ。料理教室の助手をしている私も、お盆をテーブルに持って行く。

「ここ、ごいっしょしてもいいですか？」

私と先生が並んで座るカウンターの方に来て、牧さんが問い掛ける。生徒たちは自分の好きな席に座っていいので、ほとんどはテーブル席を選んでいる。空いている席は六十代の男性ふたりが座る四人テーブルだけだった。それで、牧さんはこちらの方がよいと思ったのだろう。

「いいですよ、ちょっと狭いですけど」

と、先生が答えた。先生を真ん中に、私と牧さんがその両側に座ることになった。

「おいしそうですね」

並んだお皿を見て、嬉しそうに牧さんは言う。

「こんなにたくさん、食べられるかしら」

「余ったら、おうちに持って帰られてもいいんですよ」

先生はにこにこしながら言う。

「えー、いいんですか？　だけど私、タッパー持って来てないんですけど」

「よかったら、お貸ししますよ」

「嬉しい。持って帰って、夫にも試食させます」

完成した料理は、ズッキーニのピカタ、ズッキーニの豚バラ巻き、トマトとズッキーニとイカのマリネサラダ、夏野菜と鰯《いわし》の重ね焼き、ズッキーニの味噌汁、イカ入り夏野菜カレーと、ズッキーニ尽くしだ。今日のテーマは、生徒たちからのリクエストで決まった。ズッキーニは安くて調理しやすい野菜だが、メニューがワンパターンになりがちなので、いろいろ教えてほしい、と言われたのだ。

「ズッキーニって案外味噌汁にもあうんですね。茄子に似てるけど、茄子みたいにどろっとしないし、食べやすいです」

牧さんが微笑みながら味噌汁の感想を言う。

「私はいつも鰹節《かつおぶし》と昆布で出汁《だし》をとっていたんですけど、煮干もいいですね」

「あら、毎日ですか？」

「ええ。朝のうちに昆布を入れた鍋に水を張っておくんです。それで夕方、料理する直前に昆布を引き上げて沸騰させ、鰹節を入れるんです。面倒な時は、昆布出汁だけになることもありますが」

「それでも、インスタントの出汁を使うよりいいですよ。若いのに、出汁をとることが習慣になっているのはとてもいいですね」

先生に褒められて、牧さんは照れたように微笑む。

「子どもの頃、インスタントは一生分食べたので、いまはできるだけ使いたくないと思っているんです」

「子どもの頃？　どうしてですか？」

先生の質問に、牧さんの目が一瞬泳いだ。答えようかどうしようか迷ったようだが、すぐにこころを決めたように、先生の目をまっすぐ見て微笑んだ。

「うち、父子家庭だったんですよ。私が小学校に上がる頃、母が家を出てしまったんです。父は料理をしない人だったので、冷凍食品とか出来合いのお惣菜ばかり食べてました。それだけじゃ野菜が摂れないので、私がレタスときゅうりを切って、ミニトマトを用意してサラダにして。子どものことなので、つけあわせはそのワンパターン。味噌汁はインスタントの、お湯で溶かすタイプのものを使っていました。週末は決まってほうれん草と豚肉を使った常夜鍋。手軽に野菜と肉が摂れるのでよかったんです。おかげでいまはもう、常夜鍋は見るのも嫌になってしまいましたけど」

牧さんは苦笑を浮かべる。

「おとうさまはちゃんと野菜を摂ろうとされていたんですね」

「そうでもないです。父はそういうことには無頓着で、私の方が勝手に野菜を食べなきゃと思い込んでいたみたいです。それでもはじめは火とかふつうの包丁を使うのは怖くて、ペティナイフくらいしか使えなかったんです。だから、きゅうりをトントン、と切って並べるくらいしかできなくて」

「子ども時代ずっとそうだったんですか？」

「いえ、さすがにバリエーションの少なさが嫌になって、これはもう自分で料理を覚えるしかない、と思ったんです。それで小学校の三年生の時、一大決心をして、本屋で子ども向けの簡単な料理の本を探して買ってきました。それを参考に料理を作ったんです」

「じゃあ、誰に言われたのでもなく、ご自分で料理を始められたんですね？」

先生の問い掛けに、牧さんはこくりとうなずいた。

「いちばん嫌だったのが、お味噌汁。インスタントのものは、なめことか豆腐とか一応種類は分かれているんですけど、結局どれも同じ。味噌の味と化学調味料の味が濃くて、飽きてしまうんです。それがどうしても慣れなくて、それで……」

「そうでしたか。あ、しゃべっているばかりで、ちっともお食事が進んでいませんね。

どうぞ召し上がってくださいね」

　先生に促されて、牧さんは料理に箸を伸ばした。最初に箸をつけたのは、ズッキーニのピカタだ。ズッキーニの両面に塩コショウして小麦粉をつけ、卵を多めにつけてオリーブオイルで焼いたものである。

「簡単なのに、おいしいですね。これなら、あと一品ほしいという時、重宝しますね。今晩さっそく作ってみます」

「これは汁気もないし、冷めてもおいしいから、お弁当にも向いていますよ」

　先生はにこにこしながら牧さんに説明する。

「私、ズッキーニっていうと、昔は薄切りにして、チーズを載せて焼くのばかり作っていました」

「それも本で覚えたレシピなの？」

「これは違います。ズッキーニのほかにも、ミニトマトやピーマンやしめじに、チーズを載せて焼いてました。昔から私の得意料理だったんですけど、これはいつ覚えたんだろ？　自分で発明したのかしら」

「でも、それで牧さん、手際がいいんですね。片付けでもなんでも、手早いので驚きました」

私が感想を口にした。うちのような料理慣れしていない人を対象にした料理教室に通う必要などないのでは、と思うほどだ。

「それは……子どもの頃からやっていますから。だけど、私の場合、料理の先生が本だったので、いろいろと欠けてるところがあると思うんです」

「と言うと？」

「本で読むだけでは味がわからないから、調味料を間違えたとしても気づかないんです。初めて筑前煮を作った時、ずいぶん味が濃い料理だな、と思ったんです。実は大さじと小さじを間違えて醤油の分量を計っていたことに後から気がついた、なんてこともありました。もともと知ってる料理の数が少ないですから……」

「おとうさまは、何も言ってくださらなかったんですか？」

「私がどんなに失敗しても、麻美の作るものはなんでもおいしいって食べてくれたんです。おかげで料理嫌いにならずにすんだのですが、味付けの参考にはなりませんでした。そもそも父はずっとインスタントでも平気な人だから、味にこだわりがなかったんじゃないかと思うんです。……父は三年前に亡くなったので、どう思っていたのか、ほんとのことはわかりませんが」

おとうさまのことを思い出されたのか、牧さんはぼんやり遠くを見るような目つきになった。ふつうの親子関係よりも、ずっと絆は強かったに違いない。

「味覚の問題じゃなく、おとうさまにとっては麻美さんが一生懸命作るものはなんでもおいしかったんだと思いますよ」

気休めでなく本気で私はそう思った。父親の娘に対する愛情はそういうものだろう。

「そうだったのかもしれません。だけど、そんなふうに自己流でやってきたので、それが正しいのかどうか、自信が持てないんです。だから、こちらの話を知って、これは私のための教室だって思ったんです」

たぶん牧さんは人並みには料理はできるのだろう。小さい頃から毎日やっていたのなら、いまどきの若い主婦よりも達者かもしれない。だけど、母の味を知らない。それが牧さんの中では抜きがたいコンプレックスになっているのだ。それで私は聞いてみた。

「おかあさまは料理をよくされていたんですか？」

「母がどんな料理を作っていたか、実はまったく覚えていないんです。母が出て行った後、父が『もうおかあさんの話をするのはやめよう』と言って、写真も全部処分してしまったし、その後も会うことはなかったですから、料理どころか顔もおぼろげな記憶しかないんです」

牧さんは多くを語らなかったが、離婚に際しては複雑な事情があったのだろう。一般的には母親に行くはずの親権が、父親の方に行ったということ、その後面会すらしていないということも、何か理由があるに違いない。

「だから私の場合、手作りの料理というと、母ではなく叔母の味なんです。父の妹が三鷹に住んでいて、たまに料理を持って来てくれたんです。出版社で働いているのですごく忙しいんですけど、独身で子どももいないし、たったひとりの姪だからってずいぶんかわいがってくれました。誕生日にはプレゼントをもらいましたし、よく映画や遊園地にも連れて行ってくれました。それに、遠足の時と運動会の時は必ずお弁当を届けてくれたんです。お弁当がなくて私が惨めな思いをしなくていいようにって。叔母は凝り性で毎年そのたびごとに趣向を凝らしてくれるんです。おにぎりの時もあればサンドイッチだったり、巻き寿司だったり。いつも楽しみでした。ハンバーグの種の中にゆで卵を仕込んだスコッチエッグやラップでくるくる巻いて作るロールサンドは、それで初めて知りました」

「いい叔母さんが近くにいて、よかったわね」

靖子先生がやさしい目で牧さんに言う。私も、他人事ながらほっとする。小学校三年生から一生懸命料理をしていた牧さんを、やさしく励ましてくれる存在がいたというのは、こころ温まる話だ。

「ええ、私にとっては実の母親よりよっぽど母親らしい存在です」

牧さんのきっぱりした言い方の底には、実の母親に対する怒りのようなものが感じられる。ほんとうなら、そういうことはすべて母親がやってくれるはずだったことなのだ。その機会を持てなかった怒りや無念が語らずして漂っている。

「そうそう、イカ料理も自分では作らないレパートリーなんですよ」

牧さんは自ら話題を変えた。それ以上、母親のことを語るのが嫌なのだろう。

「イカの捌《さば》き方って、料理本で見ると薄皮を剥ぐのが難しそうだし、失敗するのが嫌でやったことがなかったんですよ。イカの腸《はらわた》を抜いたのは初めてなんです。今日はこれを覚えたので、大収穫です」

実は私も同じだ。ナマのイカに触って調理するのは初めてだ。母があまりイカを好きではなかったので、イカ料理は食卓に上らなかったのだ。うちの母は料理が苦手ということはなかったが、特別好きでもなかったようだ。遠足の時の弁当などもいつもより一品二品おかずの種類は多いものの、それほど凝ったものを作ってもらった覚えはない。ハンバーグとゆで卵と揚げ物を同時に作るようなスコッチエッグなんて、お弁当には論外だ。実の母親でもそんなものだ。牧さんの叔母さんはたまにしかやらないので、張り切って作ってくれたのだろう。

牧さんは料理の上手な叔母さんが傍にいるので、逆に母親が作る料理に対しての幻想が膨らんでいるのかもしれない。

「ほんとに、このお教室に来てよかったです。ずっと通えば、自分の中の欠けたところも補ってもらえる気がします」

「それはよかった。牧さん、この近くにお住まいですか？」

「はい、この先の、美術館の通り沿いにあるテラスハウスなんです。あの、青い壁が目立つ」

「あ、そこでしたらよく知ってます。私のうち、そのお隣りのアパートなんですよ」

私が横から口を挟む。

「えっ、そうなんですか？」

牧さんの顔がぱっと明るくなった。

「それはほんとにご近所さんですね。嬉しいわ。こちらには二年前に引っ越してきたんですが、ずっと働いていたので家と会社の往復で、近所に知り合いが全然いないんです。このあたりのこともよく知らないし。どうぞいろいろ教えてくださいね」

「こちらこそ、よろしくお願いします。もしわからないこととかあったら、遠慮なく聞いてくださいね」

そう語る私の方も、料理教室に通うようになるまでは近所に知り合いはひとりもいなかった。心細い気持ちはよくわかる。何かあったら、牧さんの力になってあげよう、と思っていた。

その日、牧さんは教室が終わった後もその場に残り、後片付けを手伝ってくれた。そして、その後先生の振る舞ってくれるお茶とお菓子を堪能する。牧さんは物怖じしない。レシピのことや野菜の扱い方など、日頃疑問に思っていたことを、靖子先生にいろいろとぶつけている。初めてここに来たとは思えない打ち解けぶりだ。どちらかというと人見知りの私は、初対面の相手にはそこまでオープンになることができない。すごいなあ、と感心していた。

お茶を飲み終わると、私と牧さんは同じ方向なので、いっしょに帰ることにした。私は自転車だったが、牧さんは徒歩だったので、私も自転車を引いて歩くことにした。その道すがら、私は牧さんにその話をした。

「私が社交的？」

牧さんはびっくりした顔をした。

「ええ。とても話しやすいし、みんなともすぐに打ち解けていたし」

「そうかしら。そんなこと言われたのは初めてです」

「たぶん、料理教室だからいいのかもしれませんね。料理を協力して作ったり、いっしょに食べたりすると、こころがオープンになるし、自然といろんな話ができたりしますものね」

　私がそうフォローすると、牧さんはちょっと考え込むような顔をしていたが、

「……もし、そう見えるとしたら、ここのみなさんがいい方ばかりだからだと思います」

　と、言う。

「そうですか？」

「ええ、私そういうの、すぐわかるんです。父子家庭だったせいで、小さい頃からいろんな人に家のことを聞かれたんです。『おとうさんだけで不自由じゃない？』とか『ご飯ちゃんと食べてる？』とか。たいていは悪気なく、ただの好奇心や同情だったんですけど、それでも嫌じゃないですか。そんなふうに自分の家のことを探られるっていうのは。……中には私が話したことをあちこちで触れ回る人もいたし。それで自然と近寄ってくる相手のことを警戒するというか、どれくらい本気でこちらのことを思ってくれるんだろう、と考えるようになりました。だから、この人はダメと思うと、

全然しゃべらないんですよ」

「そうだったんですか」

「だけど、下河辺《しもこうべ》先生や館林《たてばやし》さんは、不思議と家庭のことを話しても大丈夫だ、それで態度を変える人じゃないって直感的にわかったんです」

「ごめんなさい」

　私は思わず謝った。

「あら、どうして謝るんですか？」

「その、気軽に社交的なんて言ってしまって……」

「いいんです。そうやって明るい人間だと思ってもらえるのは嬉しいです。ほんとはネクラな、屈折した人間なので、よけい」

　牧さんはおどけたように言って微笑んだ。そのまま道路沿いに進むと、住宅街の中に忽然とキウイ畑が現れる。そこを通り過ぎると左手に崖の急斜面が迫ってくる。その手前に牧さんの住む、青い壁がよく目立つちょっとおしゃれなテラスハウスがある。隣りの、白い壁のアパートの二階の角が私の住処だ。

「あら、あれは……」

　テラスハウスの前に、中年の女性が人待ち顔で立っている。そして、牧さんの姿を見ると、大きく手を振った。

「叔母だわ」

牧さんも相手に手を振り返すと、歩く速度を速めた。

「今日来るって聞いてたけど、こんなに早く来るとは思わなかったわ」

牧さんは私に聞かせるというより、独り言のようにつぶやいている。すぐに叔母さんの傍に着いた。

「こちらがあの……?」

「そう、運動会のたびにお弁当を作ってくれた三鷹の叔母さん」

「なに?　私のこと、噂してたの?」

叔母さんという人が、笑いながらこちらに話し掛けた。

「そうよ。いい話だから安心して」

牧さんも笑いながら返事する。親しい相手にだけ示す打ち解けた言い方だ。

「叔母の寺岡章子《てらおかしょうこ》です」と、牧さんは私に叔母さんのことを紹介して、私のことは、「こちら館林さん。料理教室の助手の方」と相手に告げた。

叔母さんは私の目を見て微笑みながら「こんにちは。寺岡です」と、挨拶した。近くで見ると、思ったより年齢は高い。五十代半ばくらいだろうか。細身の身体にサマースーツを颯爽と着こなしている。ベリーショートの髪もかっこよく決まっている。長年職場の第一線で働いてきたキャリアウーマンという感じの女性だ。

「こんにちは」

私も挨拶したが、料理上手な叔母さんという話から、おっとりした太めの女性を思い描いていたので、イメージが違ってどぎまぎした。

「館林さん、うちのすぐご近所なんです」

牧さんの言葉に続いて私も、

「すぐそこのアパートの、二階に住んでいるんです。あの、角の部屋」

と、指を差して説明した。

「そうだったんですか。どうぞ、麻美と仲良くしてやってくださいね」

確かに、叔母というより母親みたいな挨拶だ。

「はい、こちらこそ、よろしくお願いします」

私が答えると、叔母さんは感じよく会釈をした。そこでふたりと別れ、私は自分の部屋に戻っていった。

それから小一時間ほどしただろうか。とんとんとアパートの部屋をノックする音がした。読書をしていた私の意識は江戸の下町をぼんやり漂っていたのだが、たちまち現実に引き戻された。平日の昼間、私の部屋を訪ねてくる人は滅多にいない。来るとしたら宅急便か宗教の勧誘くらいだ。いったい誰だろう。

ドアスコープを覗いて確かめると、そこには先ほど会ったばかりの、牧さんの叔母さん、寺岡さんが立っていた。びっくりして私はすぐに鍵を開けた。

「まあ、寺岡さん。どうしたんですか？」

「ごめんなさい、お会いしたばかりなのに、いきなりお訪ねして。ちょっとお願いがあって……。でも、押し売りとかじゃないんですよ、安心して」

私の警戒をほぐすように、寺岡さんは冗談めいた口ぶりで言う。私もつられて微笑んだ。

「お話を聞いていただきたいのですけど、少しお時間いただけるかしら？」

「ええ、もちろん。狭いところですけど、おあがりになりませんか？」

「いえ、このままで結構です。すぐに終わりますから」

「でも、立ち話というのも落ち着きませんし……」

「そうですか、じゃあお言葉に甘えて」

寺岡さんは狭い玄関で身体の向きを変え、ハイヒールの爪先が玄関に向くようにして靴を脱いだ。私はスリッパを差し出した。玄関を入ってすぐのところは四畳半ほどのキッチンスペース、そして奥が六畳の洋室である。昔は畳敷きの和室だったところを、時代の流行にあわせて洋室にリフォームしたものらしい。玄関から部屋の奥までひと目で見通せる狭い家だが、収納スペースが広いことと、キッチンと寝室を引き戸で仕切ることができるのが気に入っている。

「すみません、お客さまにはいつもここでお相手させていただくのですけど、いいですか？」

私はキッチンの真ん中に置いてある丸いカフェテーブルを指差した。ダークブラウンのウォルナットの天板に、つや消しの黒いペンキが塗られた鉄製の脚がついている。レトロな雰囲気が気に入って、二脚の椅子といっしょに近所のアンティークショップで購入したものだ。

「もちろんですよ。素敵なテーブルですね」

私が電気ケトルに水を入れ、お茶の用意をしようとしていると、

「どうぞおかまいなく。急に押しかけたのはこちらですから」

と、寺岡さんが恐縮する。

「いいですよ、ちょうどお茶を飲みたいと思っていたので」

紅茶の用意をして、自分で焼いたクッキーといっしょに「どうぞ」と差し出した。紅茶はティーバッグではなく、靖子先生からいただいたイギリスの有名メーカーの茶葉を使った。上品なダージリンの香りがキッチンに広がる。

「すみません、お気遣いいただいて。私の方が何かお持ちすればよかったのに、急に思いついてこちらに伺ったものですから」

「いえ、それよりどういったご用件なのでしょう」

私は寺岡さんに向き合って座った。

「本当に、申し訳ありません。だけど、どうしたらいいかわからなくて。こんな話を初対面の方にするのはどうかと思うんですが……」

寺岡さんはそこで口ごもり、どこから話したらいいかと考えていたようだが、私の目を見て話し出した。

「麻美が小さい時、親が離婚していることはご存じでしょうか?」

「ええ、まあ」

「母親とは六歳で別れたっきり会っていないことも?」

「はい、伺いました」

「やっぱり、あなたにはいろいろお話ししているのね。実はその母親がいま、病気で入院しているんです」

「えっ、何のご病気なんですか？」

「子宮癌です。早期に発見すればそれほど怖い病気ではないのですけど、わかった時には症状が進んでいて、どうやらほかにも転移しているそうなんです」

「それは……お気の毒に……」

その日初めて会った人に、いきなり重い話を振られて、私はなんと反応すればいいのかわからない。

「それまでも兆候はあったようなんですけど、検査にもなかなか行こうとしなかったんです。ほんと、自分のことを大事にしない人だから……」

その話を聞いて、ふと疑問がわいてきた。牧さんは小さい頃から一度も母親に会っていないと言っていたけど、叔母さんの方は会っていたのだろうか。

「寺岡さんは、お兄さん夫婦が離婚した後も、お兄さんの奥さんだった人とお会いになっていたのですか？」

「ええ。たまに連絡は取っていました。事務的な話だけですけど。……兄も亡くなりましたし、何かの時は私が麻美との間を取り持たなきゃ、と思っていましたので。……でも、まさかこんなことになるとは」

「麻美さんは、おかあさまのことをなんとおっしゃっているんですか？」

「病気のことを話して、お見舞いに行くように勧めたんですけど、いまさら会いたくはない、と言い張るんです。五歳の時に家を出て、それからなにひとつ母親らしいことをしてくれなかった人に、なぜ会いに行かなきゃいけないの。あの人がどこでいつ死のうと私には関係ない。いくら叔母さんの頼みでも、これだけは聞けないって」

麻美さんの気持ちを考えると、それも無理はないと思う。いままでほったらかしにされてきたのに、具合が悪いから見舞いに行け、と言われても納得できないだろう。

「あの子の母親、祥子《よしこ》というんですが、医者に一刻も早く手術を受けることを勧められているんです。いまならまだ助かる見込みはある、と。だけど、本人が頑としてそれを拒否しているんです。長生きしてもしょうがないって」

「その……、祥子さんという方は、ほかにお身内はいらっしゃらないんですか？　ご両親とかご兄弟とか」

あるいは若い頃に離婚していたのなら、再婚をしていたとしてもおかしくはない。

「両親は数年前に亡くなっていますし、ひとりっ子で兄弟もいません。元夫である兄も亡くなっていますし。……そもそも入院の保証人になってほしいという連絡が私に来るくらいですから、身近には誰もいないんだと思います」

「そうでしたか……」

受け止めるには重い話だ。どう反応していいかわからず、私は手元のティーカップの中をスプーンでぐるぐるかき混ぜた。

「でも……そのお話をなぜ私に？」

「その、あつかましいお願いなんですが、麻美に、母親の見舞いに行くように忠告してほしいんです。麻美にとってはたったひとりの母親だし、その母親が死ぬかもしれないという時に会いに行かなかったら、あとできっと後悔すると思うんです。……それに、麻美に会えば祥子さんも元気が出て、生きる気力も湧いてくるかもしれません」

言いにくいことをひと息に言い切って安堵したのか、寺岡さんはほおっと溜息を吐いた。

「それは……私では無理だと思います。今日知り合ったばかりですし……」

「えっ、そうだったんですか？」

寺岡さんは目を見開いて私を見る。

「あの子は、よほど心を許した相手じゃないと運動会のお弁当の話はしないんですよ。同情されたり、馬鹿にされるのを嫌う子なので。だから、あなたとはよほど親しいのだと思っていました。そうですか、初対面だったんですか……」

寺岡さんは自分の軽はずみな言動を恥じるようにうつむき、落ち着かない様子で指でとんとん、とテーブルを叩いた。きれいな手だ、と思った。指が白くて長く、桜色に爪先だけ白く縁取ったネイルが施されている。

「ごめんなさい、早とちりで。そうと知っていたら、こんな話はしなかったんですけど。だけど、祥子さんが……麻美の母親が不憫でねえ。私も、いてもたってもいられなくなったんです。祥子さんは、こうなったのは天罰だ、って言うんですよ」

「天罰？」

「離婚して、子どもを捨てた、その報いだって」

「そんな……」

「子宮って、赤ちゃんを産むための組織、女性が女性らしくあるための器官でしょう。そこが癌に冒されたというのは、何か暗示のように思えるんだって言うんですよ。女として、母として失格した自分を象徴しているみたいだって」

「それは……関係ないんじゃないですか？　離婚も病気も好んでするものじゃないし、たまたま子宮を悪くしたからって、自分を責めることなんてないのに」

「私もそう言ったんですけどね。本人はそう思い込んでいて、甘んじて罰を受けるって言うんですよ」

「そこまで後悔しているのなら、どうして離婚されたのですか？」

ついその疑問が口をついて出た。寺岡さんは私の目を見て、ふっと表情を緩めた。

「離婚は当事者同士の問題だし、私が言うべきことじゃないかもしれないけど……結局、祥子さんが頑張りすぎたんですね。完璧主義者で、仕事も持っているのに、子育ても手を抜けないって、保育園に持って行くバッグも自分で手縫いするような人だったから」

「まあ……」

もしかすると、母親と麻美さんは似ているのかもしれない、と私は思った。そここ料理はできるのに、まだ足りない、もっと上手になりたい、と自分に妥協しない麻美さんの姿勢は、母親譲りの完璧主義なのかもしれない。

「兄と離婚した直後は、私も祥子さんに腹を立ててたんですけど、いまになってみるとその気持ちもわかるんですよ。祥子さんは大手の化粧品会社に勤めているんですけど、当時流行りだった総合職の一期生で、入社当時から期待される人材だったんです。本人もやりがいを感じていて、仕事と家事の両立を目指していた。結婚するに当たって、兄は仕事を続けてもいいよ、と言ったそうなんです。それで祥子さんは理解がある人だと勘違いしたんですね」

寺岡さんはふっと鼻に皺を寄せて口元を緩めた。

「仕事は続けてもいい。だけど家事は手を抜くな、それが兄の本音だったんです。家事を分担するなんて考えもしない。家事は女のやるもの、と信じて疑わない。……あの世代の男はそれが正しいという教育を受けてきましたし、仕方ないですけどね」

寺岡さんの兄の評価は意外と辛辣だ。麻美さんの語る父親像は、不器用ながら娘思いというイメージだったが、寺岡さんからはわがままで子どもっぽい男という印象が伝わってくる。

「それでも、子どもがいないうちはなんとかなっていたんですけど、麻美が生まれた途端ぎくしゃくし始めたの。何せ、兄は保育園の送り迎えも嫌がる人だったから。……一応、兄の弁護をしておくと、いまじゃイクメンなんて言葉もあるし、父親が育児に協力するのは当たり前だけど、当時は共稼ぎでも育児は母親まかせ、そういう男の方が多かった。それで祥子さんひとりで家事育児に奮闘して、仕事も頑張って……。麻美が生まれてから五年以上、よくもったと思うわ」

「でも、だったらなぜ離婚した時、麻美さんは父親に引き取られたんですか？　育児も嫌がるような人だったら、奥さんの方にまかせてもよかったのに」

私が言うと、寺岡さんはぎくりとした顔で私を見た。そして、しばらく沈黙していたが、

「そうよね、ふつうそう思うわよね。ごめんなさい、あなたは聞き上手な方ね。つい身内のこんな恥ずかしい話までしてしまった」

それ以上は話せないということなのだろう。離婚に際してはよほどの事情があったのかもしれない。

身内の恥とでもいうようなことが。

それを問い詰める気にはなれなかった。

「それで……、おかあさまの方は麻美さんに会いたがっているんですか？」

寺岡さんは首を振った。ＮＯということだ。

「自分は娘に会う資格がないって言うんです。いまさら会わす顔がない。自分が死んだら、その時連絡してくれればいいって。……それも悲しいじゃないですか。なんとかならないかと思うんですよ」

寺岡さんは小さく溜息を吐いた。そして、間を持たせるようにティーカップを口元に運ぶ。私も紅茶に口をつけた。紅茶は淹れ立ての時と同じようによい香りを漂わせていたが、すっかり冷めていた。

「それで、結局お断りしたのね」

「ええ。ほんとは力になってあげたいんですけど、私は麻美さんのこと、ほとんど知らないし、そういう人間に忠告されるのは嫌なんじゃないかと思うんです」

「それはその通りね」

その次の休みの日に私は菜の花食堂に伺い、相談をしていた。自分だけで抱えるには重い話だったのだ。

「母親が死ぬか生きるかっていう時にも会いたくないなんて、よほど麻美さんはおかあさんのことを怒っているんですね」

「逆にそれはおかあさまに対する愛情の裏返しかもしれませんよ。小さい頃は大好きだったのに、突然いなくなって、それがこころの傷になっているのかもしれません」

そういうものかもしれない、と私も思う。おかあさんを憎むことでしか、寂しさに耐える方法がなかったのだ。幼い麻美さんは、おかあさんを憎んで、あんな人は関係ないと思うことでしか、前に進めなかったのだろう。

「本来なら私たちが口を挟む筋合いではないけど、聞いてしまうと、このままほおっておくのも悪い気もして。忠告するよりも、本人が自然とその気になってくれるといいのですが」

「自然とその気に、ですか……」

先生は、何か考えているような目をしている。

「先生に、アイデアがあるんですか？」

「うまく行くかどうかはわからないんですけど……牧さんが忘れていることを思い出すお手伝いくらいならできるかもしれません」

「忘れていること？」

「そう。牧さんにとっては大事なことだと思うのよ」

そう言いながら、先生は自らを納得させるようにうなずいている。

先生は秘密主義なところがある。それが何か、と尋ねても、たぶんすべてが解決するまで、教えてくれないだろう。

「じゃあ、それをやってみてくださいませんか？　それで麻美さんがおかあさまの病院に行かなかったとしても、私たちはやれることはやったと諦めがつきますから」

「そう？　じゃあ協力してちょうだいね」

先生は何かを企むような目をしている。先生がその気になったのなら、きっと大丈夫だろう、と私は思った。

「こんにちは。今日は暑いですね」

麻美さんがそう言いながら菜の花食堂に入ってきた。夏も終わりだというのに、今日の天気予報では三十度を超えると予報が出ていた。麻美さんは風のよく通りそうなブルーのワンピースに、短いスパッツを合わせている。

「こんな暑い日にごめんなさい。食堂の定休日じゃないとできないものですから」

靖子先生は料理の手を止めずにそう返事をする。

「いいえ、試食会に呼んでいただけるなんて、光栄です。最近仕事を辞めたので、家にひとりでいても暇をもて余していますから」

麻美さんはゆっくりした動作でテーブル席に着いた。

「いつもは優希さんだけにお願いしているんですけど、今回はふたりでは食べきれないかもしれない、と思って、麻美さんにもお声掛けしたんですよ」

先生はふだんどおりにこにこして麻美さんの相手をしている。私の方は、計画がうまくいくかと、どきどきしている。笑みを浮かべているつもりだが、ひきつっているかもしれない。

「何か冷たいものでもお出ししましょうか？」

と、私は声を掛けた。麻美さんが返事をする前に先生が提案する。

「そうですね。暑い日ですから、ビールなんてどうかしら？」

先生はお酒も嗜む。たまに、料理をしながらビールを呑むこともある。だけどビールなら三杯、ワインは二杯まで、と決めているそうだ。それくらいなら酔わないし、料理をする手元も狂わないという。

「いえ、私、お酒は……」

「ああ、ごめんなさい、お酒は呑めないんですね」

「呑めないこともないんですけど、すぐに赤くなるんです。いまは昼なのでちょっと……。お茶か何かいただけますか？」

「そうでしたか。じゃあ、麦茶をお出ししますね」

「あの、氷は入れないでいただけますか？　冷え性なので、冷たいものはなるべく摂らないようにしているんです」

やはり麻美さんは、主張すべきところはちゃんと主張する性格のようだ。でも、こういうことは、はっきり言ってもらった方がこちらも気が楽だ。

「はい、すぐにお持ちしますね」

「あの、お客さまを差し置いてなんですけど、私たちは呑んでもいいかしら？」

先生が麻美さんに尋ねる。

「どうぞ、どうぞ。私におかまいなく。キッチンも暑いですしね」

「そうなの。火を使うから、どうしてもね。……あ、冷房効きすぎているかしら？」

「大丈夫です。寒くなったら羽織るものを持っていますから」

そう言って麻美さんは持っていたリュックからベージュのリネンのショールを取り出して、肩にふわりと掛けた。

私は麦茶と冷やしたお絞りを麻美さんにお出しした。

「ありがとうございます。……あ、これちゃんと煮出した麦茶なんですね」

ひと口含むと、麻美さんは嬉しそうに言う。

「わかりますか？」

「ええ、水出しのパックの麦茶は便利なんですけど、妙に濃かったりするので、あまり好きじゃないんです。会社勤めをしていた頃は使っていましたが、いまは時間があるので、朝のうちにやかん一杯作っておいて、それを飲んでいます」

麻美さんはちゃんとした人だな、と私は思う。ちょっとした手間だが、毎日麦茶を沸かすなんてなかなかできない。ひとり暮らしで麦茶の消費量が少ないこともあって、私はもっぱら水出しパックを愛用している。

「ほんとはこれ、突き出しというか、お酒のつまみみたいなものだけど」

先生はそう説明しながら、最初のお皿を出した。焼き野菜のチーズ掛けだ。しめじ、マッシュルーム、プチトマト、アスパラ、玉ねぎ、ズッキーニの薄切りといった野菜を、適度な焦げ目がついたチーズが覆っている。オーブンから出したての熱々で、まだじゅわっと音を立てている。野菜の甘い匂いと焼けたチーズの香ばしい香りがぷーんと漂っている。

「わあ、焼き野菜、なつかしいな。昔よく作りました」

「そうおっしゃっていたから、やってみたの」

「私が作ったのはあまり硬い野菜は使わず、簡単に焼けるものばかり使っていたんですけど。並べ方もこんなに上品じゃなかったです。……いただいてもいいですか？」

「どうぞ、どうぞ。そのために来ていただいたのですから」

麻美さんは「いただきます」と両手をあわせてから箸を取った。きれいな箸使いで野菜を取り上げると、熱々のオリーブオイルが皿に滴った。

「うーん、おいしい。やっぱり私が作っていたのとはひと味違いますね」

「そうですか？」

「ええ。子どもにもできる簡単料理なんですけど、火加減が難しくて、つい焦がしてしまったり。それに、クレイジーソルトの存在を昔は知りませんでしたから。あ、でもこれ、クレイジーソルトを使ってませんね。なのに、おいしい。やっぱり塩加減が絶妙なんですね」

麻美さんは感心したようだ。そうなのだ、同じ調味料を使っても、先生と同じ味はなかなか出せない。ほんのひと振りがおいしさの明暗を分ける。そこが味覚の違いなんだろうか、といつも思う。

「でも、チーズを載せることを思いついたのはえらいわね。これなら、味がボケないし、栄養も摂れるから」

「そうですね。どうしてかな。ピザを見て思いついたのかもしれない。あの頃はなんでもチーズを載せればおいしいと思っていましたから。朝食の定番はパンにハムととろけるチーズを載せてオーブントースターで焼いたもの、そればっかり。それに、ミニトマトをつけていました」

「簡単だけど、それでひととおりの栄養は摂れるわね。賢い朝食だわ」

「ありがとうございます。子どもの頃から、なぜか野菜をちゃんと摂らなきゃ、という思い込みはあったみたいです。食育というか、学校がそういう教育に力を入れていましたし、母親がいないからよけい気をつけなきゃ、という思いが子どもなりに強かったんでしょうね」

　それを聞いて、子どもの頃の麻美さんの姿が浮かんできた。父子家庭だからと侮られまい、と精一杯突っ張っていたのだろう。いまでもどこか肩に力が入っているように見えるのは、会社勤めをやめて間もないこともあるだろうけど、そうした子どもの頃の習性みたいなものが垣間見えるからなのかもしれない。

　麻美さんはおいしい、おいしいと言いながら、皿の上の焼き野菜をすっかり食べてしまった。それを見計らって、先生が声を掛ける。

「次の料理はひとりでは多すぎると思うので、私や優希さんもごいっしょしていいですか？」

「もちろんです。いっしょに食べた方がおいしいですから。……あら、お重ですか？」

　赤い塗りの二段のお重を先生が運んできた。私は取り皿と箸と箸置きを持って来て、麻美さんのテーブルに並べる。そうして、先生はエプロンを外して麻美さんの正面に座った。私は先生の隣りに着席する。

「今日のお題は、江戸東京野菜を使った、秋の行楽弁当なんです。ランチだけじゃなく、そういうものもやってみようかと思ってるんですよ」

「それは楽しみですね。これ、開けてもいいですか？」

「もちろんです。味見してもらうために、作ったんですから」

お弁当は開ける時が楽しい。好きなおかずがどれだけ入っているのか、期待と不安でどきどきする。私も今日のお弁当の中身を知らなかったので、いっしょになって覗き込んだ。

「うわあ」

麻美さんと私が同時に驚きの声をあげた。それほど見事なお弁当だった。

上の段にはおかず類が並んでいる。鯖の味噌焼き、う巻き卵、スコッチエッグ、高野豆腐と野菜の含め煮、野菜の鶏肉巻き、ブロッコリー、ポテトサラダ、ほうれん草の胡麻和え、ミニトマト。煮物焼き物揚げ物、ひととおり揃っているし、彩りも並べ方も美しい。下段には小型の三角に握ったおにぎりがぎっしり詰まっている。ふつうの海苔巻きだけでなく、紫蘇を刻んで混ぜたものや、野沢菜とじゃこを混ぜたもの、海苔の代わりにとろろ昆布で巻いたものもある。見ているだけで気持ちが浮き立つような、豪華なお弁当だ。これを作るのに、どれくらい時間が掛かっただろうか。

びっくりして声もなく、麻美さんはしばらくお弁当を見つめていたが、

「これは……叔母に聞いたんですか？」

と先生に尋ねた。

「と言うと？」

「だって、そっくりなんですもの。叔母が昔作ってくれたお弁当に。いつも運動会の時にはこんなふうに作ってきてくれて、父と叔母と私の三人では食べきれなくて、残った分はうちに持って帰って夕食にしたんです。運動会で疲れてるだろうから、私がその日は何もしなくていいようにって叔母が多めに作って来てくれましたから」

「そうなの？　だとしたら偶然ね。お弁当に持って行くものってそんなにバリエーションがないから、きっと似てしまったのね。……どうぞ召し上がれ」

「いただきましょう。せっかく先生が作ってくださったんだから。ね、牧さん」

私がそう促すと、麻美さんはこっくりうなずいて、取り皿を手にした。そして重箱の中からスコッチエッグと鯖、ブロッコリーとポテトサラダを取り分けた。

「そう言えば、叔母の作ったポテトサラダはじゃがいもの比率に対して多すぎるくらい人参も入っていて、人参を食べさせたいという魂胆が見え見えでした。でも、おいしかったです。先生のほど上手ではなかったと思うんですけど、忙しい叔母が私のために時間を割いてくれたことがわかっていましたから、ほんと嬉しかったです」

そうして、麻美さんはポテトサラダを口にした。

「おいしい。やっぱり下河辺先生が作ると、ポテトサラダでもちょっと違いますね」

「そんなことないですよ。ふつうのやり方で作ってますから」

「マヨネーズの味が違いますよね。先生は手作りのものを使っていらっしゃるし」

私が横からフォローする。

「ああ、そうですね。そこがプロの味なんだわ」

麻美さんも納得する。

「どうぞ、お味噌汁も召し上がれ」

「いただきます」

麻美さんは味噌汁のお椀に口をつける。味噌汁はあわせ味噌で、わかめと豆腐が入っている。

「あら、これはこの前と出汁が違いますね。煮干じゃなくて、昆布と鰹節ですね。……ああ、おいしい。やっぱり自分で作るのとでは、全然違います」

「やっぱり麻美さんはちゃんと味の違いがわかるのね」

「そんなことないですよ。ずっとインスタントの味噌汁ばかり飲んでたくらいですから」

麻美さんは謙遜するが、先生はにこにこしながら言う。

「そうかしら？」

「そうですよ。味覚には、自信がないんです」

「あのね、世の中には、味噌汁の出汁に何を使っているか、気にも留めない人も多いのよ。麻美さんが出汁にこだわるというのは、幼い頃にちゃんとしたものを食べていたからだと思うの」

「そんなことないですよ。おかずは毎日出来合いのお惣菜とか冷凍食品とかばかりでしたし」

「そうなる以前の話。おかあさんがいらした頃は、毎日出汁をとったお味噌汁や、野菜もたくさん食べていらしたはずよ。生まれた時からインスタントばかり食べていたら、それをまずいとは思わない。そうじゃないかしら?」

麻美さんは虚を衝かれた、という顔をした。まるで意識していなかったようだ。靖子先生は淡々と会話を続ける。

「それが嫌で、自分で作ろうとするぐらいなのだから、ちゃんとした味がどんなものか、麻美さんの舌は覚えていたのでしょう」

「それは……たまに叔母さんの料理を食べたりしてましたし……、父が外食に連れて行ってくれることもありましたから」

「いいえ、月に何回かのことでちゃんとした味覚が育つとは思えない。六歳ごろまでは、牧さんは毎日ちゃんとしたものを食べていたはずよ」

「……そうでしょうか」

「そうですよ。牧さんを見ていると、親御さんのしつけが感じられるんです。食前の挨拶とか箸の使い方とか、自分だけで身につけたものではないはず。野菜をちゃんと摂らなきゃ、と思うのも、それを言い聞かせてくれた人がいたからじゃないかしら」

確かに、麻美さんの食事の仕草は美しかった。食事に無関心な父親に、そういうことを教えられたとは思えない。

「それも……母が？」

「おそらくそうでしょう。それに、レタスとトマトときゅうりをつけあわせにするとか、焼き野菜を食べるって、何も知らない子どもが思いつくことではないわ。焼き野菜も、きのことかズッキーニとか、ペティナイフでも簡単に用意できるものばかり。それも誰かに教えられたのではないかしら」

麻美さんは唇を噛んで考え込んでいる。母親の記憶はない。母親の作った料理を覚えていないと麻美さんは言っていたが、記憶はなくても、舌は覚えているのだ。

「あら、ごめんなさい。おしゃべりばかりで、食事をする手が止まってしまったわね。ほかの料理はどうかしら」

「ああ、いただきます」

　牧さんは、今度はスコッチエッグに手を伸ばした。

「これ、大好きだったんです。自分ではなかなか作れないし、外食でも食べる機会はあまりないから、叔母のお弁当くらいでしか食べられなくて」

「叔母さんのお弁当も、こんなふうにおかずがいろいろ入っていたのね」

「ええ、肉や魚や煮物や、いつも何種類もあって。まるで市販の幕の内弁当みたいに豪華でした。それでいて、私の好む味付けのおかずばかりで。友だちにもうらやましがられていました」

「そうなの。すごくいい叔母さんね。その叔母さんに料理を習ったりはしなかったのね？」

「えっ、そうですね。そう言えば叔母さん、うちに来て、台所に入ることはなかったわ。それより『おいしいものを食べに行こう』って、私を車に乗せて連れ出してくれることが多かったです」

「いつもは外食だけど、遠足と運動会の時だけは、凝ったお弁当を作ってくださったのね」

「え、ええ」

「ほんとうに、そうなの？」

「というと？」

先生に問い詰められて、麻美さんは困惑している。

「叔母さん、ほんとに料理がお得意なのかしら」

「もちろんですよ。叔母の作ったもので、まずかったものはひとつもありません」

麻美さんはむっとした顔になった。

「だけど、叔母さんが実際に作っているのを見たことはないのでしょう？」

「それは……」

「お弁当はほかの人が作って、それを叔母さんが届けてくれてたってことはないの？」

麻美さんは絶句した。いままで、思いもしなかったことなのだろう。

「私は叔母さんという方に直接お会いしたことはないのだけど、優希さんがこの前お会いしたそうね。きれいな手をして、きっちりネイルもされていた、と聞いたわ。五十代でそういう手をしているということは、たぶん炊事はほとんどやっていらっしゃらないのでしょう。そういう方が、年に二回だけ何時間も掛けてお弁当を作るって、ちょっと不自然な気がしたんです。もし作るにしても、そんなに忙しい方だったら、スコッチエッグみたいな面倒なメニューを作るかしら。簡単でおいしいレシピはいくらでもあるし、既製品をうまく使えば手を抜けるし」

「何をおっしゃりたいのですか？」

笑顔が消えて、麻美さんはきつい目になった。

「そのお弁当、ただあなたに食べてもらいたいというだけじゃない。それを作った人は、あなたにいろんな味を覚えてほしかったのね」

「それを作った人って？」

「あなた以上にあなたの食生活のことを心配している人」

「私以上に？　そんな人、いるんですか？」

「もちろん。……たとえば、あなたのおかあさん、とか」

麻美さんは一瞬息を呑んだが、すぐにヒステリックな声をあげた。

「そんなこと、あるはずがない！　いままで一度も私に会いに来ないような人が、そんなことするわけがない」

「会いに来ないからといって、あなたのことを気にしていないというわけではないでしょう。むしろ、会えないからこそ、強くあなたの幸せを気にしていたのかもしれない」

「違う、違う」

「どうしてそんなに否定するの？　これはあくまで仮定の話よ。それにもしこれが本当だとしたら、とてもいい話だと思うけど」

「だって……あの人は私と父を捨てたんですもの。あの人のことは忘れようって父が言って、だから私もずっと思い出さないようにしてきたんですもの」

　私ははっとした。つまり、その言葉が麻美さんの呪縛になっているのだ。「母を忘れろ」と父親に暗示を掛けられ、その通りに実行しているのだ。

「じゃあ、事実を知ってる人に、確かめてみましょうか」

「えっ？」

「先ほどいらして、待ってくださっているの」

　先生の言葉と同時に、お店と母屋を繋ぐドアが開いた。そこには麻美さんの叔母さん、寺岡さんが立っていた。

「叔母さん、どうしてここに？」

「ごめんなさい、あなたにおかあさんのことをちゃんと伝えたくて、こちらの先生にお願いしたの」

「お弁当の件、伺いたいのですが、私の考えは違っているでしょうか？」

　先生が寺岡さんに尋ねた。寺岡さんはちょっとためらった後に、覚悟を決めたように言う。

「おっしゃる通りです。よくおわかりになりましたね」

寺岡さんの言葉を聞いて、先生はにっこり微笑んだ。

「さっきもお話ししたように、失礼ながらあまり料理をされるようにはお見受けしなかったので。それともうひとつ、寺岡さんは牧さんのおかあさんに対してとても同情的でしょう？　そこが引っ掛かったんです」

「と言うと？」

「ふつうに考えれば実の兄と姪を捨てて出て行った女性に対しては、いい感情を持てないはず。それなのに、姪との仲を取り持とうとするのは、何かきっかけがあったんだろう、と思ったんです。その方を見直すような何かが」

「ええ、確かにそうです。最初にあの人がお弁当を作らせてほしいと言って来た時、何を図々しい、と思ったんです。兄よりもむしろ私の方が強く反対しました。だけど、あの人は何度も頭を下げて頼むんです。子どもにとって遠足や運動会は一大イベント。その時ちゃんとしたお弁当を持たせてやれなかったら、きっと嫌な思い出として麻美の中に残るだろう。それはかわいそうだ。自分は何もしてやれないけど、料理だけはできる。だから、お弁当を作らせてほしい。……そうまで言われたら、兄も私も麻美がかわいいし、かといってかわりにお弁当が作れるほど料理上手でもないし。それで頼みを受けることにしたんです。あの人が作ったということは内緒にするという条件で」

麻美さんは呆然とした顔で叔母さんの話を聞いている。

「あの人が最初に作ってきたお弁当を見てびっくりしました。クリームコロッケやら鶏のひき肉の松葉焼きやら、ほんとうに手の込んだ料理ばかりぎっしり詰め込まれていて。日頃料理を作ってやれない無念を晴らすような、想いのこもったお弁当でした。最初は渋い顔をしていた兄も、それを見て何も言えなくなって。……何より、麻美が大喜びしていましたから」

寺岡さんはやさしい目で麻美さんを見つめ、近寄ってゆっくり髪を撫でた。

「正直な話、こんなこと長続きするわけはない、と思っていたんです。離婚した直後だから娘に対しても執着があるし、お節料理を作るみたいに一生懸命やっているけど、時が経ってほかの男と再婚でもしたら、こんな面倒なことはやらなくなるだろうって。……だけど、そうはならなかった。ついに再婚はしなかったし、麻美が小学校一年生から高校三年生までの十二年間、ずっと作り続けてきたんです。毎回麻美はすごく喜んで、私に感謝してくれました。叔母さん、ありがとう。叔母さん大好きって。……

それがだんだん私には心苦しくなっていったんです。本来その感謝を受け取るのはこの子の母親。それを私が盗んでいる、という気がして」

「じゃあ……ほんとの話なのね」

麻美さんの声は震えている。

「ええ。長い間、だましていてごめんね」

「だったら、なぜ」

麻美さんは、後ずさって叔母さんの手の届く場所から離れた。

「そこまでするなら、どうして、どうしてあの人は私に会おうともしなかったの？いまだって、癌で入院しているのに私とは会いたがらないのでしょう？　それはどうしてなの？」

「麻美。それは……」

躊躇する寺岡さんを励ますように、靖子先生が穏やかな声で話し掛けた。

「ちゃんとお話しした方がいいんじゃないでしょうか。このままでは牧さんは混乱したままです。なぜおとうさんが忘れろ、と言ったのか。経済力もあるのに、なぜ母親に親権が行かなかったのか。面会する機会すら与えられなかったのか」

寺岡さんは大きく目を見開いていた。

「まさか、理由がおわかりになったんですか？」

「ええ、たぶん。そういうケースで考えられるのはふたつしかないですから」

「ふたつと言うと？」

麻美さんが鋭い声で先生に問い返した。

「母親がほかの男性と関係を持って、家族関係を放棄した場合。もうひとつは、母親としての資格がない、と判断された場合」

「どっちだったの？」

麻美さんは、今度は叔母さんの方を向いて尋ねた。

「それは……」

「不倫ではないでしょうね。お話から想像するに、おかあさんは生真面目で潔癖な人だし、毎日仕事と子育てで必死な母親には、恋愛が入り込む余地はまずない」

先生の言葉に、叔母さんは黙ってうなずいた。

「じゃあ、母親失格ってこと？　それはどういうことなの？」

寺岡さんはその問いに顔を背けた。これ以上、語りたくない。態度がそれを示していた。だが、麻美さんは叔母さんの肩に両手を掛けて、まっすぐ目を見つめて言う。

「お願い、ほんとのことを教えて。おとうさんももういないし、叔母さんのほかにほんとのことを教えてくれる人はいないのよ。私自身に関わることなのに、このまま一生私が知らないでいるなんて耐えられない。……私はもう小さな子どもじゃない。ちゃんと聞く権利があるはずよ」

麻美さんの悲痛な叫びを、寺岡さんも無視することができなかった。大きな溜息を吐くと、麻美さんの腕をとった。

「あなたの腕、この右腕」

そう言いながら、七分袖をまくった。肩までまくりあげると、そこにうっすらと茶色の痣のようなものが見える。

「この痣、あなたの肩や胸の方まで広がっているわね。これがどうしてできたか、覚えている？」

「小さい頃、ガスレンジにぶつかって、やかんのお湯を浴びたんだ、って聞いてます」

「その通り。だけど、どうしてぶつかるようなことが起こったのか。その原因を作ったのが祥子さん」

麻美さんは息を呑んで、目を見開いた。

「あの当時、祥子さんは疲れて始終いらいらして、ちょっとしたことで怒っていたの。幼いあなたにも、それをぶつけることがよくあった。たとえば食べているものをこぼすとか、泥遊びで洋服を汚すとか、そういう些細な失敗にもひどく叱りつけたりした。兄はそれを見て『子どもにあたるな』と怒り、それがまた喧嘩の原因にもなっていたの。だって、兄は忙しい祥子さんを手伝うこともせず、責めてばかりいたから、それはね」

寺岡さんは小さく溜息を吐いた。

「その日も、仕事から帰った祥子さんは慌しく夕食の用意をしていたの。それで麻美が手伝うと言って傍に寄ってきたそうよ。ちょうど包丁を使っていた時だったから、『危ないから、こっちに来ないで。あっちに行って』と叱りつけたの。それでも、しつこくまとわりつくから、『邪魔しないで』と言って、肩を押したのだそうよ。それが思いのほか強く当たったのね。麻美はよろけてガスレンジにぶつかったの。運悪く、そこには沸騰したやかんが掛かっていて、それに麻美の手があたり、それで……」

私は思わず両手で頬を覆った。

小さな麻美さんがよろけて、ガスレンジのやかんを手で倒し、肩からお湯を浴びる痛々しい様子が目に浮かんだのだ。

「すぐに病院に連れて行ったけど、ショックと痛みで麻美はずっと泣き続けた。連絡を受けた兄が職場から駆けつけると、麻美はわっと泣きながら兄にしがみついた。祥子さんが近寄ろうとすると『来ないで』と、泣きわめいたそうよ」

　誰も何も言えなかった。そんなことがあったのか。

「そのことに、祥子さんはたいへんなショックを受けたの。大怪我をさせたことだけでも申し訳なくて胸が潰れるような思いなのに、そんなふうに言われて、消えてしまいたいって思ったのだそうよ。兄は兄で、女の子の大事な身体に傷をつけて、と激怒しているし。……肩とか胸のあたりまで火傷していて、大きくなっても痕は残るだろう、と医者に言われたんです」

「それが離婚の原因になったんですね」

「もともと喧嘩の絶えない夫婦だったし、麻美のおかげでかろうじて繋がっていた絆も、この事件で断たれてしまった。何より祥子さんが『娘に申し訳ない』と言って、自ら離婚を申し出たのです」

「娘に会わない、というのも、祥子さんが決めたのですね」

　先生の言葉に寺岡さんは深くうなずいた。

「こうなったのも、幼い娘に日頃のいらいらをぶつけていた自分が悪いのだ。娘に対してもっとやさしく振る舞うことができていれば、こんなことは起こらなかった。自分は母親失格だ、と。……それに、娘は自分の顔を見ると、辛い火傷のことを思い出す。それは可哀想だ、って」

「思い出した。……忘れてくれ、と言ったのは、おとうさんじゃない、おかあさん自身だったんだわ」

それまで沈黙していた麻美さんが、口を開いた。

自分のことを忘れてほしい。

母親が子どもに言う言葉で、こんなに悲しいものがあるだろうか。

「それほど、あなたの母親は怪我をさせたことを悔いているのよ。守ってくれるはずの母親に傷つけられた、自分は母親に愛されていないんだ、そんな残酷な記憶を麻美に残すくらいなら、忘れられてしまった方がましだ、って」

寺岡さんの言葉の重さに、みんな黙り込んだ。私も何も言えない。沈黙を破ったのは、麻美さんだった。

「そんなの、昔のことじゃない。火傷の痕だっていまはもう薄れて、ほとんど目立たないし。これくらいのこと……気にしなくてもいいのに」

麻美さんの唇が震えている。先生が麻美さんに言う。

「母親にとっては、そうじゃないんですよ。子どもに怪我をさせた、それは一生忘れられない悔いとなって残るんです。母親は……それほど子どもが大事なんです」

子宮癌になったのは天罰だ。麻美さんのおかあさんが語っていたその言葉の意味が、私にもようやく理解できた。

単純に離婚して娘と別れたからではない、娘に怪我をさせるような親は母親として失格。

そういうことだったのだ。

「だけど、私の気持ちはどうなるの？」

「気持ち？」

寺岡さんが問い返した。

「母親に傷つけられた、それは忘れることができたけど、その代わりに母親に捨てられた、ってずっと思いこんでいた。ずっと寂しくて、悲しくて……だけど、それは言っちゃいけないんだ、と思ってた。私を見守ってくれているおとうさんと、叔母さんのために。……この気持ちはどこにぶつけたらいいの？」

「麻美、それは……」

「みんな勝手だわ。火傷の痕よりも何よりも、私には母親がいない、それがずっとコンプレックスだった。母親がいないからまともな子に育たない、そんな偏見に負けたくない、ずっとそう思ってやってきた。私のこの二十年はなんだったの？　私がもし事情を知っていれば……全然違っていたかもしれないのに」

溜まっていた怒りをぶつけるように、麻美さんは苛立った声で叫んだ。その苛立ちを押さえ込むように、先生の穏やかな声が響く。

「それは、いまだから言えることですよ。あなたが頑張って、ちゃんとまともに育ったから。……もしおかあさんが傍にいたら、そして火傷のことを知っていたら、おかあさんを憎まずにいられたかしら。多感な思春期の頃、火傷のことで母親を責めずにいられたかしら。うまくいかないことを火傷のせいにして、なげやりになったりしなかったかしら」

「……そんなこと、わからない」

「その通り。何がよかったのか、どうすればよかったのか、それは誰にもわからないのよ。とくに、ものごとの渦中にいる時はね。だけど、おとうさんもおかあさんも叔母さんも、みんなあなたによかれ、と思ってやったこと、それは信じられませんか？」

「それは……」

「あなたをひとりで懸命に育ててくれたおとうさん。ずっと気に掛けてくれた叔母さん、それに、陰でずっと見守っていたおかあさん。誰が欠けても、いまのあなたはいなかった」

　麻美さんは泣きそうな目で先生を見ている。

「あなたは忘れていたつもりでも、あなたの味覚に、あなたの仕草に、おかあさんは生きている。それでもあなたはおかあさんを許せないかしら。十二年おかあさんがしてきたことを知ってても、まだおかあさんを恨み続けるのかしら」

　麻美さんは黙ったまま首を横に振った。その頬に、涙がすーっと伝わった。

「おかあさんがあなたに会えないと言うのは、あなたを気遣ってのこと。だったら、あなたの方から会いに行けばいい。寂しかったことや辛かったこと、全部おかあさんに打ち明ければいい。いまならきっと受け止めてくれるはずよ」

　先生の言葉に麻美さんは黙って何度もうなずいた。その姿はまるで幼い少女のようだった。


　その後、麻美さんはおかあさんに会いに行った。二十年の空白を埋めるために、いろんなことを話したのだという。そして、最終的におかあさんは手術をすることを受け入れた、と麻美さんから先生のところに連絡が届いたそうだ。

「よかったですね。実の娘の説得がやはり効いたんですね」

「娘だけじゃない、孫とふたり掛かりの説得ですもの、もう少し長生きしたいと思ったのでしょう」

「どういうことですか？」

「気づかなかった？　牧さんは妊娠しているのよ」

「えっ、ほんとですか？」

「連絡が来たとき、本人に確かめたの。痩せているから目立たないけど、もう妊娠五か月だそうよ」

言われてみれば思い当たる。最近仕事を辞めたこと。お酒を呑まず、冷えることに神経質だったこと。自転車を使わなかったこと。身体のラインを隠すような服を着ていたこと……。

「全然気づかなかった。確かにそうですね。ああ、ダメだ、なんて鈍いんだろう。私、まだまだ先生みたいにはなれませんね」

「いいのよ、私みたいにならなくっても。優希さんはそのままで十分素敵な人なんですから」

先生は微笑んでいる。その言葉はやさしくて、胸の中がほんのり温かくなる気がした。

カレーは訴える

前日まで秋雨がしとしとと降り続いていたが、その日はしゃきっと秋晴れの一日になった。空気が澄み渡り、コバルトブルーの空と飛行機雲の白さが鮮やかなコントラストをなしている。

「やっぱり川崎《かわさき》さんの言ったとおりでしたね。野川マルシェの日は必ず晴れるって」

私はうきうきとした気持ちで先生に話し掛けた。

「今日は学校の行事も多いみたいですよ。市内の小学校は運動会だそうですし、うちの近所の高校でも学園祭だって案内が入っていました。子どもたちも喜んでいるでしょうね」

いっしょにいた八木千尋《やぎちひろ》さんも言うが、靖子先生の耳には入っていないようだ。

「ほんとよかったわ。雨が降ったら、用意した食材が無駄になったかもしれないもの」

先生は現実的なことを言う。先生はスプーンと紙皿の数をチェックしている。昨日数えて揃えていたのだが、また一から数え直している。準備は済んでいるのに、何かやらずにはいられないらしい。先生にしては珍しく緊張しているようだ。

「大丈夫ですよ、ちゃんと数は揃っています。もし何か足りなくなったら、私か八木さんが店まで取りに戻りますよ。自転車で走れば、五分掛からない距離ですから」

私がそう言うと、先生は数えていた手を止めた。

「そうよね。そんなに気にすることはないわよね。でも、何か落ち着かなくて。外で料理を振る舞うのは初めてだから」

「初めてのお客さんも、きっとたくさん来ますよ。楽しみですね」

今日は近くの神社で、野川マルシェという催しが行われる。近隣の個人商店主が集まって屋台で食品や雑貨を売るのだが、集まるメンバーがとてもいい。量産品でない、センスのよいものを扱う個人商店ばかりが揃っている。籠やアクセサリー、骨董品など、ひとつひとつがおしゃれで目を楽しませてくれる。食品についても、お祭りでよくある焼きそばとかたこ焼きとかではなく、ふつうのレストランで出すような素材にこだわった、手作りのおいしい料理やお菓子が売られている。

だが、質が高い分お値段も高くて、安月給の私は購入するのをためらうことも多かった。せいぜい小さな花束と焼き菓子を買い、珈琲を飲むくらいだ。ちなみに珈琲は火鉢で沸かしたお湯を使い、一杯ずつドリップで淹れてくれる。喫茶店の珈琲とはまた違う、野外ならではの特別な珈琲だ。そんなマルシェのうきうきする雰囲気が好きで、いつも楽しみにしていた。それが靖子先生のお手伝いとはいえ、自分も出店する側に立つとは思いもしなかった。まるで高校時代の学園祭の時に戻ったように、気持ちは高ぶっている。

野川マルシェの実行委員から、菜の花食堂も出店しませんか、と声が掛かったのは、九月になったばかりの頃だった。実行委員の川崎珠代《たまよ》さんが、菜の花食堂のランチに訪れたのだ。たまたまその日は会社がお休みで、私もランチを食べに食堂に来ていた。

「こんにちは。ランチまだやっていますか?」

その女性――川崎さんという名前はあとから知るのだが――は、ドアのところから遠慮がちに尋ねた。時間はあと十分ほどで二時になろうとするところだった。お店の中にお客は私しかいない。

「はい、大丈夫です」

先生がそう言うと、女性はほっとした顔で店に入って、窓際の席についた。

その日のランチは鰯の胡麻揚げにのらぼう菜のおひたし、ポテトサラダ、トマトの味噌汁、というメニューで、食堂のメニューとしては地味な方だと思う。先生は、どちらかといえば洋食の方が得意で、ランチのメニューも魚より肉の日の方が多かったのだ。

「近所なんですけど、初めて来ました。お店があるのは知っていたんですけど、ちょっと入り辛くて」

その気持ちはよくわかる。菜の花食堂は、ふつうの一軒家を改装して作った店だから、門をくぐって庭を抜けないとたどり着けない。しかも、庭には木が何本も植えられているので、中の様子はうかがい知れない。門のところに食堂という看板は出ているが、初めての人が中に入るには、かなり勇気がいる。

「だけど、素敵なお店ですね。昔の建物をそのまま残しているんですね」

そう言いながら、きょろきょろと室内を眺めまわした。建築に興味があるのだろうか。

その人は四十代前半くらい。ゆったりしたリネンのうぐいす色のワンピースに、葉を象《かたど》った銀のブローチを胸のところにつけている。主婦のように見えるが、色白できりっとした顔だちはキャリアウーマンのようでもある。すでに食事を終えていた私は、食後の珈琲を飲みながら、奥の席からこっそり女性の様子を観察していた。

そうして、先生がランチのお盆を持っていくと、川崎さんは「まあ、素敵」と声をあげた。

「これは小鹿田焼《おんた》ですね。私も大好きです。これをお店で使うって珍しいですね」

小鹿田焼はそれほどポピュラーなものではないから、気づく人は少ない。器に造詣の深い人のようである。そうして、いただきます、というように手を合わせると、女性はまずはのらぼう菜のおひたしに箸を付けた。そしてそれを噛みしめるように味わう。どうやら、料理が気に入ったらしい。うっすらと笑みが浮かんだ。それから、味噌汁を口に含んで、うんうん、とうなずく。さらに鰯、ポテトサラダと黙ったまま、ゆっくりと口に含んでいく。時々目を瞑《つむ》って、料理をじっくり味わっている。

女性は時間を掛けてゆっくり食事をした。全部きれいに食べ終わると、名残惜しそうに箸を置き、両手をあわせて「ごちそうさまでした」とささやくように言った。

そのタイミングで、先生は食後の番茶を運んでいく。女性は笑顔で先生に話しかけた。

「おいしかったです。素材が新鮮ですし、ひとつひとつ丁寧に作られているので、身体の細胞が喜んでいる気がします」

「あら、うれしいお言葉をありがとうございます」

最大級の賛辞を受けて、先生も顔いっぱいに笑みを浮かべている。先生にとっては料理を褒められることが、なによりの喜びなのだ。

「メニューはうちでも作るようなものなんですけど、うちではとてもこんなふうには作れません。のらぼう菜のゆで方ひとつとっても絶妙で……やっぱりプロの技ですね」

「そう思っていただけたら嬉しいです」

「こちらの噂はなんとなく聞いていたんですけど、近い方が逆に行かないものですね。ご近所で食べるくらいなら家でもいいやって思ってしまって。でも、もっと早く来てみればよかったです」

「では、これからどうぞごひいきにお願いします」

「はい。今度は家族も連れてきます。ところで、今度マルシェに出てみませんか？」

川崎さんは唐突に切り出した。

「マルシエ？」

先生は面食らったような顔になっている。

「あ、すみません。マルシェというのは略称で、正確には『野川マルシェ』って言うんです」

「えっ、『野川マルシェ』の方なんですか？」

私はびっくりして、思わず大声を出した。

「優希さん、ご存じなの？」

先生が私の方を向いた。女性もこちらに視線を向けている。

「ええ、もちろん。このあたりで一番おしゃれなイベントですから。月に一度、この先の坂上にある文具店で開催しているんですよ」

「そうですか」

先生はぴんと来ないようである。無理もない。野川マルシェはこぢんまりとしたイベントで、出店する方もお客の方も年齢層は若い。二十代から四十代までが大半を占める。情報も市の広報や掲示板のポスターではなく、もっぱらＳＮＳで広まっている。ＳＮＳを使わない先生には縁遠いものかもしれない。

「私はその野川マルシェの実行委員の川崎と申します。本業は夫と古書店をやっているんですが」

そう言いながら女性はバッグから名刺を取り出し、先生と私それぞれに名刺を渡した。ミントグリーンの名刺には、野川マルシェ実行委員　川崎珠代と書かれており、野川マルシェのシンボルマークが隅の方にデザインされている。森の木と小川をイメージしたそのマークは、私も何度か会場で目にしたことがあった。

「あ、すみません、横から口を出して。私はこちらの下河辺先生の料理教室のアシスタントをしています、館林と申します」

「そうでしたか。ふつうのお客さんではないのですね」

「いいえ、今日はお客のつもりで来ていたのですが、お話が聞こえたので、つい……。私も野川マルシェにはよく行ってるものですから」

「そうでしたか。ありがとうございます。いらしたことがあるのでしたら、おわかりだと思いますが、私たちのイベントはふだんは小さな場所でやっています。だけど、年に一度、十一月の第一日曜日にはこの先の神社の境内をお借りして大々的にやるんです。出店者もふだんより多く参加してもらって」

「神社にも去年、行きましたよ。盛況でしたね」

「ありがとうございます。地域の人たちにも浸透してきて、年々お客さまも増えているんですよ。今年ももうすぐなので、出店してくださるお店を探していたんです。毎年、新しいお店をいくつかご招待したいと思っていて。いつも同じ店ばかりでは飽きられてしまいますしね。このお店のことは前々から話題に上っていて、強く推すスタッフもいたんですが、私自身はまだ来たことがなくて……。あ、私が飲食関係の出店者のとりまとめをしているんです」

「それはつまり、その催しに、私も出てほしい、ということなんですか」

靖子先生は戸惑ったような顔をしている。

「はい、その通りです。地元の素敵なレストランとして、うちのイベントで紹介させていただきたいんです」

川崎さんはにっこり笑う。語尾まではっきりしたしゃべり方だ。専業主婦らしくないと思ったのは、そういうところだ。多くの専業主婦は、人前では自分の意見をあいまいにすることを好むが、川崎さんはイエス・ノーをはっきりさせないと気がすまないタイプなのだろう。

「だけど、うちはそういうことをやった経験がないですし、日曜日とはいえ、イベントに出るとなると人手が必要になりますよね。うちはひとりでやっている店だから、それはちょっと……」

一方で、靖子先生はいつになく歯切れが悪い。気が進まないのだろうか。

「大丈夫ですよ、先生。私が手伝います。たぶん、香奈《かな》さんや八木さんも手を貸してくれますよ」

私は川崎さんの側面フォローを買って出る。野川マルシェに出店、面白そうだ、と思う。何か、いままでとは違ったことが起こりそうだ。

「そうは言っても、人手を増やすとその分人件費が掛かりますし、それに見合った売り上げを一日で立てられるかどうか」

「マルシェは一日だけですけど、訪れるお客さまは何百人もの数になります。売り上げも上々で、とくに食品を扱うお店はよく売れます。ほとんどが夕方までには完売していますす。だから、一度出店されると、続けて出たいとおっしゃるお店が多いんですよ。今回、出店するお店で食事系はいまのところ六店舗」

そうして川崎さんは、お店の名前を挙げた。天然酵母のパンを使ったサンドイッチの店や、手作りソーセージが売りのお惣菜屋など、どれもこの界隈では評判のお店だ。

「どちらかと言えばパン系が多くて、ご飯ものを出すのはほかにありません。だから、こちらが出店されたら、お客さまも集まりますよ」

川崎さんが説得力のある言葉で先生を口説く。

「でもねえ。若い人が集まるんでしょう。うちのような地味な食堂は、場違いじゃないかしら」

「そんなことはないですよ。うちのイベントに来る方たちは、ていねいな暮らしを大事にする方たちですから、こちらのお店のお料理のように、素材を大事にして、手を掛けて作ったものを好まれるんです。こちらはうちのイベントにぴったりのお店だと思います」

川崎さんは自信ありげだ。

「出店したら宣伝にもなりますよ。いままでお店を知らなかった人たちが、このイベントで先生の料理を食べたら、きっとお店にも来たいと思うに違いありません」

出たらいいのに、と思うので、私も川崎さんを応援する。

「出店してくださるお店については、ブログやツイッター、フェイスブックなどでも紹介させていただきます。うちのイベントで新しいお店を知ることを楽しみにしていらっしゃる方もいます。こちらもぜひ、紹介させてください」

「宣伝ねえ」

靖子先生はそれにも心動かされた様子はない。むしろ困惑しているようだ。

「宣伝、しない方がいいですか?」

思わず私は尋ねてみた。

「いえ、そういうわけじゃないけど、いままでことさらに宣伝しなくてもちゃんとやってこられたし、グルメサイトの掲載なんかもずっと断ってきたので」

「えっ、そうなんですか?」

私と川崎さんの声がハモった。

「ええ。うちはご近所の方たちを相手にしているお店だし、いい常連さんもついているから、必要性を感じないんです」

それだけじゃなく、グルメサイトというものを靖子先生はあまりよく思っていないのだと思う。ネットでお手軽にお店を選ぶより、自分の嗅覚でいい店を探す方がいい、と先生はお考えなのだろう。

「だけど、先生の方も新しいお店を知るきっかけになるかもしれませんよ」

と、私は言ってみる。

「えっ、私が？」

「先生は商工会にも入っていないし、おひとりでお店をやっているじゃないですか。それもいいけど、できれば地元の人ともっと繋がりたいと思いませんか？」

「地元と繋がる？」

「ええ。このイベントに出るのは、先生から見れば若い方ばかりかもしれませんけど、そういう人たちと関わりを持つのもいいと思いませんか。同じようにこの地でそれぞれビジネスをしているのだから共通するところもたくさんあると思うし、いろんな人と会えるのもきっと楽しいと思いますよ」

私の説得に続き、川崎さんも言葉を重ねる。

「確かに、私がなぜ飽きずにこのイベントにかかわっているか、と言ったら、やっぱりほかの参加メンバーの仕事が好きだからだと思うんです。ジャンルはばらばらだけど、それぞれに工夫して、頑張っている。そういう姿を見ると、私も頑張ろう、という気になるんです。毎回これに参加することで、いい刺激をもらっている、と思っています」

川崎さんの言葉は先生のこころに響いたようで、

「確かに、それはいいかもしれないわねぇ」

と、うなずいた。「ひとりでやっていると、これでいいのかしらと思うこともあるし」

「そうですよ。せっかくのお誘いですし、参加してみましょうよ」

「ぜひ。きっと楽しい経験になると思います」

私と川崎さんが畳みかけるように説得する。

「ふたりから言われたら勝ち目ないわね。参加できるかどうか、前向きに検討してみます。何か、参加についての説明とか、条件とか書いたものはあるのですか？」

「はい。こちらに」

川崎さんは紙の書類を出して先生に渡した。

「テントや机などは持参していただいてもいいですし、なければこちらでお貸しすることもできます。なるべく出店者の方の負担が少ないように、こちらでもフォローしていますから、どうぞご参加ください」

そう言って、川崎さんは帰っていった。それが三か月前のことだ。

イベントの前日、ランチタイムの片付けが終わる三時頃、菜の花食堂にスタッフが集合して、マルシェの準備をした。スタッフを買って出たのは、みんな料理教室の生徒たち。教室きっての優等生の和泉《いずみ》香奈さん、子どものいない専業主婦の八木千尋さん、料理教室の常連の村田佐知子《むらたさちこ》さん、それに私の四人だ。先生特製の果実酒とピクルスをもらえるということで手伝いを引き受けたのだ。本当は無償でもみんな手伝うと言ったのだが、それでは悪いということで、先生が提案されたのだ。お金よりも、そちらの方が嬉しいとみんな喜んでいた。先生の果実酒もピクルスも、ふだんはお店で出されるだけだ。それをいただけるのはとても嬉しい。

ニンニク、玉ねぎ、セロリ、ピーマンときゅうりのピクルスを細かく刻む。量が多いのでたいへんな作業だが、五人でわいわいおしゃべりしながらやれば、あっと言う間に作業が進む。刻んだ野菜を順番に炒め、さらに合いびき肉を炒めて赤ワインを入れ、アルコール分が飛んだところに、先生秘伝のカレーの素を足す。さらにレーズンを入れ、トマトソースとスープを加えて水分がなくなるまで煮込むのだ。ふつうのドライカレーの作り方と違うのは、ピクルスのみじん切りを入れることと、特製のカレーの素を入れることだろうか。先生は、

「市販のカレー粉に、トマトの水煮缶を加えて煮てもできるのよ」

と作りながら教えてくれる。

「五人分なら、大さじ二杯のカレー粉に、トマト缶をひと缶、それにカップ一杯の水に固形のブイヨンをひとつ」

私は慌ててメモを取り出し、分量を書き留める。

「ひき肉は三〇〇グラム、玉ねぎはひとつ、セロリは半分、あとの野菜はお好みでね。人参を刻んで入れてもいいし、ミックスベジタブルを使ってもいいけど、玉ねぎとセロリは必ず入れてね」

作業しながらでも、やっぱり先生は先生だ。何かしら私たちの役に立つことを教えようとしている。

「最後に味をみて、塩コショウを足すのを忘れないで。カレーが辛いからと塩を入れないでいると、水っぽくて味が感じられないのよ。しっかり、小さじ一杯くらいは入

れてね」

最初は水分が多く、全体の量も多いので、煮詰めるのに三十分近くかかった。しかし、カレーのツンツンしたカドのある辛さがなく、野菜の甘みと交わって全体にまろやかな味わいだ。甘口とは言えないが、これなら子どもでも食べられるだろう。

「いいですねえ。これ、ご飯にかけるだけじゃなく、パンにはさんでもおいしそうですね」

「ドリアの下に敷いてもおいしそう」

試食をしながら、私たちはそんな話をした。

全部で何食くらい用意したらいいかについては、自分たちでは判断できなかったので、事前に川崎さんに相談していた。

「そうですねえ。それぞれのお店はいままでの経験からだいたい予測して作っていますけど、こちらは初めてですからね。ちなみに、お値段はいくらですか？」

「ミニサラダとドライカレーのセットで五百円にしようと思っています。半端な額ではお釣りや計算が面倒になりますから」

先生はそう答える。事前に私たちと話して、そう決めたのだ。

「そんなにお安くていいんですか？」

「ええまあ。五十食も売り上げれば、損はしないかと」

「それではいけませんよ」

川崎さんは強い口調で言う。

「やはり、出店されるからには、ちゃんと儲けをお出しにならないと。サラダつきであれば、六百円でお売りになっても大丈夫ですよ」

「そうでしょうか?」

「六百円で、そうですね、二百食くらい準備されてもいいんじゃないでしょうか」

「二百食、そんなに、ですか?」

先生は目を丸くした。

「うちは小さな食堂ですから、ランチでも五十食を超えることはまずないです。その分、副菜や汁物もつけて、値段も上げていますが」

「大丈夫です。お祭りですし、こちらの味ならきっと評判になりますから」

川崎さんはゆるぎない。その勢いに押されて、六百円で売ることになった。

「メニューは一種類でいいんですか?」

川崎さんが念押しする。

「麺類をお出しすることも考えたんですけど、初めてですし、どこまでできるかわかりませんから」

　と、先生はやんわり否定した。

「だったら、作り置きできるデザートもいっしょに売るといいですよ。当日の手間は掛からないし、会場ではスイーツがよく売れますから」

　川崎さんのアドバイスを受けて、先生はプリンを五十食用意することにした。

「プリンなんて珍しくもないけど、大丈夫かしら。いまどきの若い人は、プリンくらい簡単に作ってしまうでしょ？」

「大丈夫ですよ。ちゃんとオーブンで焼いたプリンなんて、なかなか作りませんから。きっと喜ばれますよ。せっかくですから、クッキーとかマドレーヌもいっしょに売ったらどうですか？」

　そう提案してみたが、先生は首を縦には振らなかった。

「焼き菓子専門のお店も出店していますからね。そちらと比べられるとうちの方が見劣りしますし、うちは食堂ですから、スイーツが目立ちすぎるのも困ります。カレーを食べて口の中が辛くなったお客様が口直しに、と思って買ってくださるのがいちばんです」

　先生の焼き菓子は専門店にも負けない。とくに、プリンセスケーキという名前の、オレンジ風味のケーキは絶品だ。料理教室の片付けが終わった後のティータイムでたまにいただくが、粉とバターと砂糖で作った芸術品だ、といつも思う。オレンジの香るふんわりとしたケーキの甘さを舌に感じる時、おいしいものは人を幸せにする、という靖子先生の言葉がしみじみ実感できるのだ。それを売りに出せばいいのに、と思うが、焼き菓子は先生にとっては趣味の領域なのだろう。

　ともあれ、そんな具合でメニューは決まった。ドライカレーとミニサラダのセットが六百円。プリンは単品で三百円だ。

「ちょっと高すぎないかしら」

　先生は気をもんでいたが、

「これ以上値段を下げると売り上げになりません」

　と、私が強く主張したので、しぶしぶ先生は承諾した。プリンは前日に作っておき、当日の朝、八木さんと私でラッピングをした。ひとつひとつ透明のセロファンでくるみ、見栄えをよくするために、上の方をリボンでかわいく結んだ。リボンは八木さんが以前から集めていたものを提供してくれた。青とゴールドの二色使いだったり、りんご模様がついていたり、リボンを見るだけでも楽しい。これもきっと売れるだろう。

会場となる神社は住宅地の真ん中にあるが、小さな能楽堂と弓道場もあり、境内も小学校の校庭くらいの敷地はある。都会の神社としたら、なかなかの広さだ。武蔵野の名残りの欅《けやき》やいちょうの大木もあるが、境内は平地で、参道の石畳に沿ってずらりと屋台が並ぶのだ。その数は三十ほど。開場は九時だが、早朝六時頃から出店者は神社に赴き、それぞれセッティングを始めた。ガスボンベを借りたり、テントを組み立てたり、品物を並べたり。男手があると助かるので、朝だけ八木さんの旦那さんや香奈さんの彼氏にも手伝いに来てもらった。香奈さんと彼氏とは最近つきあい始めたばかり。高校時代の同級生で、いまは小学校の先生をしているという気さくな人だ。前の彼氏ほどイケメンではないが、親しみやすい笑顔で、力仕事も率先して引き受けてくれる。

「前の彼よりよかったんじゃない？」

村田さんが、そう私に耳打ちした。村田さんは専門学校に通う息子の和也《かずや》くんを連れて準備の手伝いに来てくれた。和也くんは愛想よくはないが、自分で仕事を見つけててきぱきと働いてくれる。

「気働きのできる、頼もしい助っ人ね」

先生が褒めると、村田さんは、

「他人《ひと》さまの前では、いいかっこしたがるだけですよ」

と、口では謙遜していたが、目尻が下がっている。息子を褒められたのが嬉しくてたまらない、という感じだ。

ふつうの神社のお祭りは、客引きのための派手な色彩の幟《のぼり》やのれんで屋台を飾るが、野川マルシェの飾りつけはそれに比べると地味だ。緑のテントに、店名を書いた雑誌サイズほどの小さなボードが各店舗共通の看板。そのほかは、それぞれのお店が工夫を凝らした飾りつけをしている。イベント慣れしているお店は、板を張り合わせて作った看板を持ってきていたが、私たちの屋台は、店から持ってきた小さな木の表札を目立つところに掲げた。さらに、器用な八木さんが、いろいろな布を三角の旗の形に切り、紐に結び付けて作ったものを持ってきてくれたので、テントの上部に結わえた。そのほか、テーブルに布を敷いたり、ドライフラワーを飾ったりして、精一杯楽しげな、感じのよいお店を演出した。それから、テーブルの一角に、ショップカードと料理教室の宣伝のチラシを置いた。この日のために、私がパソコンで作ったのだ。

「よろしくお願いします」

「こちらこそ、よろしくお願いします」

右隣りのカフェの人と、左のハム・ソーセージの店の人たちが挨拶をしてくれる。

右隣りは市境の小さなカフェを営業している姉妹だ。私もたまに行く、とても素敵なカフェだ。今日はマフィンやスコーン、それにインドのドーサというクレープのようなものを売っている。左隣りはハムとソーセージの専門店。雑誌などにもよく紹介される、このあたりでは有名な店だ。ソーセージを焼いて串に刺したものや、ホットドッグ、ビールなどを売ることになっている。

出店者たちの準備が一段落したところで、全体のミーティングが行われた。実行委員を代表して川崎さんが挨拶をして、各出店者に向けての注意事項を説明する。ゴミの始末や行列が長くなった時の対処法など細かなことまで決まりがある。万一の場合の消火器の有無についての確認もする。

「これ以外で、もしわからないことなどありましたら、本部の方へ直接来ていただくか、実行委員の腕章をつけたスタッフが見回りしていますので、そちらに声を掛けてください。開場は九時ちょうど。それまでに、すべての準備を終わらせてください」

開場の五分ほど前から、お客さまがひとり、ふたりとやってきた。

お店の中には準備が終わっていないところもあるが、それぞれのお店は作業をしながらお客さまにも対応をしている。そうして九時になると、ギターを持った男性がふらりと現れ、真ん中の飲食スペースの椅子の上で、自作の歌を奏で始めた。

今日は朝から嬉しいな
おいしい、楽しい、野川マルシェ
ずっと楽しみにしていたよ
毎月第一日曜日
みんなが笑顔になれる場所
おいしい、楽しい、野川マルシェ

出店者も仕事の手をしばし休め、にこにことその曲に聞き惚れる。美声というタイプではないが、味のある素朴な歌声だ。

いいなあ、と私は思った。お手伝いではあるけど、私もこのマルシェの一員なのだ。日ごろは別々の場所で仕事をしている人たちだけど、今日の一日はみんなでこのイベントを盛り上げるのだ。先生や料理教室の人たちだけでない、ここに集まったみんなが今日は仲間なのだ。みんなで楽しく仕事するのだ。

なんて素敵なことなんだろう。

自分もこの地域に受け入れられている。根をおろし始めている。

短い歌が終わると、一斉に拍手が起こった。それがマルシェ開始の合図だった。いつの間にかお客さんも集まって来ていた。まずは天然酵母のパン屋と焼き菓子の店の前に人が集まりはじめ、やがて行列になっていく。雑貨やアクセサリーのお店にも、人が来始めていた。両隣りの店も地元では知名度が高いので、そこを目当てに人が集まってくる。ソーセージを焼くいい匂いがぷうんとこちらまで漂ってくる。

しかし、私たちのところは、みんな素通りしていく。足を止めて眺める人もいるが、ドライカレーとプリンしかないと知ると、すぐに去っていった。

「まだ朝の九時ですもの。カレーという気分ではないのでしょうね」

先生はおっとりとかまえているが、私は気が気ではない。二百食分、用意したのだ。売れ残ったら、先生に損をさせてしまう。

「私、呼び込みやりましょうか？」

先生に尋ねるが、

「まだ早いんじゃない？　お昼の時間になってからで大丈夫よ」

と、先生は鷹揚にかまえている。そこへ、高校生くらいの女の子が通りかかった。日曜日だが、これから部活にでも行くのか、学校指定のジャージを着ている。よく日に焼けて、髪の毛もきっちりみつあみに編んでいた。少女ははっとしたような顔で見本のドライカレーを見た。

これはお客さまかな？　冷やかしかな？　ちょっとわからなかったので、

「ドライカレーには、サラダもつきますよ。いかがですか？」

なるべく明るい声で話しかけてみる。少女はそれも聞こえないくらい真剣なまなざしをカレーに注いでいる。そうして、

「あの、これ、カレーだけでも売ってもらえますか？」

と、私に聞いてきた。予想外の問い掛けだったので、私はまごついて先生の顔を見た。ライス抜きでカレーだけという売り方を想定していなかったのだ。

「ええ、もちろん大丈夫ですよ。でも、今日中に召し上がってくださいね」

先生は明るい声で返事をした。

「わかりました。それから、サラダもいりません。その場合はいくらになるでしょうか？」

「そうね。四百円ではいかがでしょうか」

「よかった。それなら三人分ください」

少女はほっとした顔で、デイパックから財布を取り出した。そして千円札と百円玉ふたつを私の手のひらに載せた。

「はい、確かに」

私が少女からお金を受け取っている間に、香奈さんがドライカレーを用意する。紙の器を秤に載せ、ドライカレーの重さを測る。売り物なので、ちゃんとドライカレーひとり分の量も決めてあるのだ。

「あの、持ち運ぶので、ラップか何かでくるんでもらえますか」

少女のリクエストを受けて、器にぴっちり何重にもラップを張り付けた。

「ありがとうございます。食べる時は温めてくださいね。それから、くれぐれも本日中にお召し上がりください」

そう言って少女に手渡した。少女は、

「ありがとう」

と言って受け取ると、そのまま走り去った。

「あの子、家でご飯を炊くのかしら」

その背中を見送りながら、思わずそうつぶやいた。お昼ご飯にするつもりだろうか。

「そうねえ。とにかく、おいしく食べてくれるといいんだけど」

先生の目も少女を見送っている。そこに、実行委員の川崎さんが顔を出した。

「どうですか？　困ったことはありませんか？」

「そうですねえ。とくには。……もうちょっとお客さまが増えるといい、というくらいでしょうか」

　先生が質問に答える。

「カレーですから、たぶんお昼前くらいからが勝負ですよ」

「そうでしょうね。いまのところ、お客さまはひとり。それも、ライス抜きのカレーだけ」

「あら、そういう売り方して大丈夫なんですか？」

「大丈夫です。ドライカレー自体は二百食分以上用意してありますし、それ以外にも店の冷凍庫にストックがあるから。むしろご飯の方が心配です。いっぺんに二百食分は作れないし、作り置きもできませんから、タイミングを見計らって、追加で何度も炊かなきゃいけないんです」

　ジャーはふたつ用意してあった。ひとつは四十人分、もうひとつは十人分ほどだ。大きい方が空になったら、お店に連絡して、炊き上げたご飯をここまで持ってきてもらうことになっている。そのための要員として、村田さんがお店に待機していた。

「そうでしたか。じゃあ、むしろカレーだけでもいいんですね」

「もちろん」

「じゃあ、私も四食分、いただきたいわ。これに何か野菜の副菜とスープでも加えれば、立派な夕食になりますね。閉店直前にまた取りに来ますから、取り置きということでお願いできますか？」

「もちろんですよ。ありがとうございます」

「助かるわ。今日は疲れるから、夜は外食にしようと思ってました」

川崎さんは嬉しそうな顔をしている。てきぱきしている川崎さんでも、夕食の支度をするのを面倒に感じることもあるんだな、と思った。

それから、ぱらぱらとお客が立ち寄るようになってきた。プリンだけを求める方もいたが、ドライカレーを、と言ってくるお客もいる。

「あの、カレーだけもらえますか？」

再びそう言うお客が現れたのは、十時頃だった。今度は主婦らしい感じの中年女性で、最初からそのつもりだったらしく、大きいタッパーをふたつ用意している。

「これに、十人分入れてください」

「十人分ですか？」

思わず聞き返した。

「はい、カレーだけでも売ってくださるという話を聞いたので」

真面目な顔で女性は返事をした。先ほどの女子高生から話を聞いたのだろうか？それとも川崎さんに？

「消費期限は今日中ですが、それでよろしければすぐに用意します」

「はい、それは大丈夫です。あ、サラダはいりませんので、カレーだけお願いします」

女性は急いでいる様子で、私たちが作業するのを心配そうな顔で眺めていた。そして、カレーの入ったタッパーを差し出すと、奪い取るようにして持って行った。

それからお昼が近づくにつれて、立ち寄るお客さまも増えてきた。最初にひとつプリンを買った人が「おいしかった」と追加で買い求めに来たりもしたが、多くはドライカレー目当てだ。カレーの匂いに、空腹が刺激されるのだろう。屋台の並んでいる列の向かい側のスペースに、飲食ができる場所が用意されていたが、そこも混み始めている。屋台で買ったものでランチをしようとする人たちが、席を求めてうろうろしている。十一時半を過ぎる頃には、菜の花食堂の屋台の前にも長い列ができていた。

「カレーふたつください」

「こちらはみっつ」

忙しくなると、自然に分担が決まってきた。私はご飯の量を量って器に盛る係。先生はカレーに火を入れながら、カレーを盛る係。八木さんと香奈さんは接客だ。それぞれ自分の仕事に忙しく、雑談をしている暇もない。黙々と作業をしていたら、たちまちジャーのご飯の底が見えてきた。

「先生、ご飯がもうすぐなくなります」

「では、追加の手配をお願い」

私はお店で待機している村田さんに電話をする。

「すみません、ご飯がもう少しでなくなりそうです。至急、持ってきてください」

『わかりました。すぐに息子に持っていかせます』

そうしているうちにもオーダーが次々入ってくる。親子連れが多いので、三人分、四人分のオーダーも多い。思った以上にご飯の減るペースは速い。繋ぎの十人分もなくなりそうだ。

すぐに鍋を抱えて来たとしても、ここまでは自転車で五分。荷物を積んだり、ジャーに移し替えたりする時間を加えると十分弱か。それまで残りのご飯でもつかしら。

不安に思っていると、オーダーの声が掛かった。

「ライス抜き、カレーだけ三人分」

助かった。ちょっとでも時間が稼げる。そう思っていたら、次のオーダーも、

「カレーのみ。ライスはいりません。ふたり分お願いします」

と、再びライス抜きの注文が続いた。その次はふつうのオーダーだったが、またその次もカレーだけの注文だ。それも、カレーだけでのオーダーができるのが当たり前、と思っているようだ。「カレーだけでもいいですか？」と、質問したりはしない。

こんなに続けて注文が入るのはどうしてだろう。あの少女がどこかで言いふらしているのかな。

そう思ったが、いま来ている人たちはジャージを着た高校生だったり、ふつうの会社員っぽかったり、主婦だったり、年齢も職業もばらばらな感じだ。ぼんやりしていると、

「お待たせしました」

という声に、我に返った。村田さんの息子が鍋を持って立っていた。

「ありがとうございます！　助かります」

ジャーの中は、あとひとり分にも満たないくらいの分量のご飯が残っているだけだ。それを全部きれいにしゃもじで掬い取った後、新しい鍋のご飯を移し替えた。ふわっと湯気が顔にかかる。ご飯もかなりな分量なので、小さいしゃもじでは移すだけでも面倒な作業だ。私がもたもたしているのを見て、

「貸してください」

と言って村田さんの息子がしゃもじを受け取り、流れるような動作でご飯をジャーの中へと移し替えた。

「うまいですね」

「牛丼屋でバイトしているんで」

村田さんの息子は照れたようにそう答えると、

「じゃあ、また後ほど」

と、空になった鍋を提げてお店へと戻っていった。

ご飯がちゃんとセッティングされ、ふつうの営業に戻った。たが、その後もたまにライス抜きの注文が入った。

イベントの時は、こういう注文が入るのかしら？

不思議に思ったが、目の前に仕事が山積みなので、深く考える間もなく、仕事を続けた。

二時を過ぎると、ようやくお客が途切れ始めた。イベント自体も午前中はどこのお店にも人だかりが多く、休憩スペースもごったがえしていたが、この時間になるとほどよい混み具合で、それぞれのお店もゆっくり見て回ることができる。

「あなたたち、順番に休憩したら。せっかくのイベントですもの。いろいろ見たり、食べたりしたいでしょ？」

「でも……」

八木さんも香奈さんも遠慮している。

「大丈夫ですよ。この時間からはそんなに混まないでしょうし、こちらはふたりいれば十分対応はできますから。優希さんと三人、順番に見てくるといいわ」

「八木さん、香奈さん、先に行って来てください。いいお店があったら、教えてくださいね」

私が言うと、ふたりは安心したように、

「はい、じゃあちょっと見てきますね」

と、出掛けて行った。

「いまのところどれくらい出たのでしょうか？　百食分くらいでしょうか」

「体感では百二十食くらいですけど……」

先生は会計用のメモをチェックした。

「ひい、ふう、みい……百三十二食ですね」

「あら、そうですか？　思ったより多いですすね」

「カレーだけっていう注文も多かったですものね」

「だけど、どうしてそういう注文がこんなに多かったんでしょう？　みんなお米代を節約しようとでもいうのかしら」

「いえ、このイベントに来るような人は、そんなことはしないでしょう」

先生は断言する。確かに、うち以外のお店も安いわけではない。百円二百円を節約しようとするなら、うちのカレーではなくレトルトでも使った方が安上がりだ。

「じゃあ、やっぱりテイクアウトして、今晩の夕食にっていうことですか？」

「そういうことでしょうね。そんなふうに、誰かが、宣伝してくれたんでしょう」

「宣伝？」

「そう。イベントでドライカレーのカレーだけ買って夕食にしようという発想は、みんなが思いつくものじゃありません。誰かに言われて気づいた人が多いはず」

「じゃあ……川崎さんが？」

「たぶん、そうでしょう。彼女がおそらくＳＮＳでそういう情報を流したんじゃないかしら」

「ＳＮＳ？」

「カレーだけ、という注文をされる方は、年代も性別もばらばらでしたから。口コミで広がったのなら、もうちょっと特徴がみられると思いますから」

私は自分のスマートフォンを取り出して、ツイッターの公式アカウントをチェックする。今日一日で、何度も更新されている。会場の様子や、売っているものの紹介などが書かれているが、中にこういう書き込みがあった。

『菜の花食堂の絶品ドライカレー。会場で食べてもいいけど、私はカレーだけ買って、今晩の夕食にしま〜す♪』

「これですね。たぶん」

野川マルシェのアカウントはフォロアーも多い。だから、これを見て影響された人も少なくないだろう。

「ちょっと見せてちょうだい」

先生はスマートフォンの画面を覗き込んだ。

「これもあるけど……これだけじゃないわね」

「えっ、どうしてですか？」

「この書き込み、二時間前に書かれたって出ているけど、ドライカレーだけほしいという注文は午前中にあったから。最初は開店直後に高校生が来て、その後、タッパーに十人分ほしいという注文もあったわね」

「あ、そう言えばそうでしたね。じゃあ、ツイッターじゃなくてフェイスブックなのかな」

　野川マルシェはフェイスブックもやっている。そちらを検索してみる。

「こちらは……とくにうちのことには触れていませんね」

　どういうことだろうか。カレーだけ買って食べるのが、最近流行っているのだろうか。

「ふつうに自宅で食べるのならいいけど、そうでなかったらちょっと気になるわね。絶対、ダメというわけじゃないけど……」

　先生はいつものように、考え込むような顔をしている。

「先生、何かお気づきになったんですか？」

「思い当たることはあるけど、確かめようがないわ」

「確かめる？」

「私たち、今日は四時までここにいるでしょ？　その後片付けをするとさらに一時間くらい掛かるから、終わってしまうわね」

　先生は私に聞くというより、自分の頭の中で論理を展開しているようだ。ブツブツと何か独り言を言っている。そういう時は、質問しても答えてもらえないことは、これまでの経験でわかっていた。私はそれ以上追及するのをあきらめて、仕事に戻った。

「すみません、遅くなりました」

三十分ほどして、八木さんと香奈さんが戻ってきた。

「見ているだけでもいろいろと楽しくて……。買い物もたくさんしちゃいました」

八木さんが手に持ったビニールの袋を目の高さまで掲げてみせた。

「何か食べた？」

「あの左手の角の店で出してたバインミーがおいしかった。お薦めよ」

八木さんが嬉しそうに報告する。

「バインミー？」

「ベトナム風のサンドイッチ。お肉のパテに、玉ねぎやハーブが挟まれていて、結構ボリュームもあるの」

「私はお隣りのマフィンを買ったわ。お店がうちから遠いので、こういう時じゃないとなかなか買えないし」

香奈さんも横から教えてくれる。

「優希さんも行ってらっしゃい」

「先生はいらっしゃらないんですか？」

「私は大丈夫。お店を離れるわけにもいかないし、お昼はお弁当があるから。優希さんは気にしないで、せっかくだから楽しんでいらっしゃい」

先生の言葉をありがたく受け入れて、私はエプロンを外してほかのお店を見物に出掛けた。まずはマルシェ名物の火鉢で沸かす珈琲の行列に並び、アロマショップで試供品の香りを楽しみ、花屋ではヒヤシンスの水耕セットを買おうかと迷う。うろうろと境内の中を歩き回った。八木さんお薦めのバインミーも食べてみた。短い行列ができており、列の最後に並んでいる人は見た顔だった。右隣りの屋台の、カフェをやっている姉妹のお姉さんの方だ。

「休憩ですか？」

「はい、店が空いてきたので、ちょっと抜けてきました。こちら評判がいいので、味見したくて」

お姉さんはちょっと照れたような顔をした。右隣りのカフェでもアジア系のフードを扱っている。ジャンルが被るので気になるのだろうか。数分並んでバインミーを受け取り、飲食スペースの椅子に座った。持っていた珈琲をテーブルに置くと、両手でバインミーの紙包みを持ち、がぶりとかぶりつく。口の中に鶏肉と玉ねぎの酸味が広がっていく。ちょっと辛い、癖のある風味は魚醤《ぎょしょう》だろうか。一口食べると、それまで忘れていた空腹がよみがえってきた。二口、三口、と夢中になってかぶりつく。野菜が多くてレモンやハーブが利いているせいか、ボリュームがあるのにさっぱりとしている。大根のパリッとした歯ごたえが、いいアクセントになっている。かじりついて、一気に最後まで食べ終わると、ほおっとため息を吐いた。

こういうサンドイッチは、野外で食べるとほんとうにおいしい。

ふと目をやると、少し離れたところでカフェのお姉さんがやはり食べ終わったところだった。目が合って、にっこりと微笑みあう。

再び、ここはいいなあ、と思った。仕事というより、おとなの学園祭だ。お客さんだけでなく、出店する私たちがいちばん楽しんでいる。

目を上げると、境内に点在する大木の濃い緑と空の青さが同時に目に入る。穏やかな風が髪をかすかになびかせる。その瞬間、幸せだ、という気持ちがおなかの底から湧いてきた。

ありふれた秋の一日。好きな仲間といっしょに働いて、疲れて、食べて、休憩して。たったそれだけのことが、なんて楽しいのだろう。

この時間がずっと続くといいのに。

三時半を過ぎると、お客は減ってきて、片付けを始めるお店も出てきた。なかには、ほかのお店に駆け込みで買い物に行く出店者もいる。イベントが終わる前に、自分たちも買い物をしてしまおう、というのだ。うちのお店でカレーを買っていく人も何人かいた。先生は、私たちスタッフの分を取り置いている。家族の分とあわせて、今日の夕食に、と持たせてくれるのだ。疲れていて夕食の支度をするのがたいへんだろう、という先生の気遣いだ。だから、今日の夜は、この近所ではドライカレーを食べるうちが多いはずだ。少しばかりカレー臭い街になっているかもしれない。

四時ぴったりに、朝と同じ、ギターを抱えた男性がふらりと現れ、閉会のチャイム代わりに歌を歌う。

みんなが笑顔になれる場所
おいしい、楽しい、野川マルシェ
年に一度、神社の集いもこれでおしまい
　来年もよろしく

終わるとまた拍手が起こった。

空はまだ明るいが、夕方の気配があたりを包みはじめている。秋の夕暮れの日差しは弱く、風が冷たくなりはじめている。

簡単な終礼をして、それから後片付けだ。

菜の花食堂の商品は完売だった。ご飯は予想よりもジャー一杯分ほど少なかったが、量を調整して炊いたので、無駄にはならなかった。プリンは大好評で早々に売り切れ、もっとほしかった、と何人ものお客さまに言われた。

「来年はもっとスイーツも出しましょう」

香奈さんの言葉に先生は、

「来年もし呼ばれたらね」

と、微笑んだ。

朝手伝ってくれた男性陣が再び会場に姿を現し、台車に荷物を括りつけたり、テントを閉じたりして働き始めた。私たちも、ゴミを集めたり、借りていた机を返しに行ったり、手分けして片付けをする。あちこちのテントがみるみるうちにしぼみ、境内には運搬用の自動車が入ってきた。「オーライ、オーライ」と車を誘導する掛け声が響き渡る。そうして、ほんの一時間ほどで、楽しかった宴の会場は跡形もなく消え去った。

自分たちの荷物を台車や自転車に積み、みんなは菜の花食堂へと向かった。私と先生は残って最後に借りていた場所を竹ぼうきで掃き、本部の人たちにスタッフの腕章を返した。その頃には、もう大半の店が片付けを終えて、会場をあとにしている。日は傾き、影が大きくなる。薄闇が徐々に境内を覆い始めていた。

「先生、私たちも行きましょう」

私は、台車に載せられなかったチラシやテーブルクロスを抱えて鞄に入れた。手持ち無沙汰の先生は、参道を行く人をぼうっと眺めていたが、突然、

「ちょっと待っててちょうだい」

と私に告げ、すたすたと参道に向かって歩いていく。私も小走りでその後ろをついていく。

「ちょっと、あなた」

先生は奥の方から歩いてきた人に声を掛けた。えっ、と顔をこちらに向けたのは、ジャージを着た高校生だ。

「あなた、今朝うちの屋台でドライカレーを買っていった方でしょう？」

「はい、そうですけど」

訝しそうに答える少女の顔を見て、私もようやく思い出した。今朝一番で買いに来

た高校生、ライス抜きでカレーを買った最初のお客さまだ。朝と同じ格好ということは、帰り道ということだろうか。この神社は敷地が広いので、真ん中を突っ切って駅まで行き来する人がいる。この子もそのひとりなのだろう。

「あの、大丈夫でした？　カレー」

先生は、女の子の顔を覗き込むようにして尋ねた。

「どういうことでしょう？」

「味、変じゃなかったでしょうか？」

何を言いたいのかわからなくて、私は先生の顔を見た。先生は真面目な顔をしている。

「どういうことですか？」

「いえ、それが……ちょっと問題があって」

「えっ、どういうことですか？」

「後からわかったんですが……その」

「まさか傷んでいたとか？」

少女が悲鳴のような声で尋ねる。

「言いにくいんですが、その……」

私はあっけに取られて成り行きを見ていた。女の子の顔がみるみる強張っていく。

「わあ、どうしよう。もう七十人分売っちゃったのに」

女の子は困ったように顔を覆った。

「七十人分?」

「パイ生地に包んで、ミートパイにして売り出したんです」

「売り出すって、学校で?」

「ええ、そうです。学園祭で出したんです」

女の子はいまにも泣きそうな顔になっている。

「どうしよう、みんなに連絡した方がいいのかな。だけど、誰が買っていったかわからないし、どうしたらいいのかしら。食中毒なら保健所の方に連絡するのかな」

おろおろとうろたえる少女。それを見て、ようやく先生の意図がわかった。先生はドライカレーを少女がどう使ったかをしゃべらせたかったのだ。

「食中毒?　なんのことですか?」

先生は不思議そうな顔をして女の子に聞き返した。

「えっ、だって味が変だって言ったから、それは……」

「あら、ごめんなさい。プロとしたらあるまじき行為ですから、お伝えするのもお恥ずかしい話で、誤解させるような言い方になってしまいました」

先生は謝るように軽く頭を下げた。

「味が変じゃないかと言ったのは、いつもと調味料の分量を間違えてしまったってことなんです。カレー粉が少なすぎたの。あなたに売った後、すぐに気がついてカレー粉を足したのだけど、あなたの分はどうだったかしら、とずっと気になっていたので、お顔を見てつい声を掛けてしまいました」

これは嘘だ。食中毒を連想させるような言い方をわざとしたのだ。少女を引っ掛けたのだ。

「そうだったんですか」

女の子はみるみる緊張が緩み、安堵した顔になる。

「大丈夫です。みんな、おいしいって食べてくれましたから」

先生は真面目な顔を崩さない。

「大丈夫とは言えないわ。私の作ったものをあなたが別の場所で売ることを、私は全然知りませんでしたよ。もし、ほんとうに何か問題があったとしたら、それは私の責任になったのかしら?」

あっ、と少女は驚いた顔をした。そうして、数秒考えていたがすぐに「ごめんなさい」と、頭を下げた。

「ちゃんとお断りしなければいけなかったのですね。全然気づきませんでした。すみません。ほんとは、りんごの甘煮を私が作って持っていくつもりだったんです。冷凍のパイシートにりんごを挟んで、アップルパイとして売ろうって。私たち、弓道部なんですけど、部員が少なくて予算があまりもらえないんです。だから、部費の足しにしたかったんです。だけど、今日に限って私も母も寝坊してしまって……。どうしようかと思いながら歩いていたら、こちらの屋台を見かけたんです。菜の花食堂はうちの母が好きな店なので前に行ったことがあるし、そのドライカレーを挟んだら、きっとおいしいパイになるだろうと思いついて……」

「そうだったの。でも、食べ物を売るのは責任がいることだし、食中毒の問題もあるから、勝手に転売とかしちゃいけないの。それに、うちの味を勝手に自分のところのものとして売り出されたら、こちらもいい気持ちではいられないしね」

先生はこれを言いたかったのだろう。たとえ実害がなくても、やはりやってはいけないことだ。悪気がなかったからといって許されることではない。それを少女に伝えたかったのだ。

「はい。そうですね。すみませんでした」

「わかってくだされぱいいわ。事故もなかったことですし。後で十人分買いに来られた女性がいたけど、あれはあなたのおかあさまかしら？」

「そうです。私が買った三人分で試しに作ってみたんです。それがすごくうまくできたから、母に電話して追加分を買ってきてくれ、って頼んだんです」

「やっぱりそうなのね。それで、どうだったのかしら？　ちゃんと利益は出ましたか？」

「はい！　目標の倍以上売れました。ミートパイだから、ちょっと高めに……四百円で設定したんですけど、大人気でした。食べた人が弓道部のミートパイがおいしいって口コミで広げてくれたから、最後は行列ができるくらいでした」

先生の顔がようやく和らいだ。

「それはよかったわ。おいしいって言ってもらえるのは何よりですものね」

「はい。自分で全部作ったわけじゃないのに、おいしいって言われるのはほんとにうれしくて、そちらの味を盗んだのと同じことなのに、その時は気づきませんでした。……すみませんでした」

「もういいのよ。でも、次にこういうことをするなら、ちゃんと事前に相談してくださいね」

先生は女の子の目を真正面に見た。

「はい。わかりました」

女の子は深くうなずいた。

「だけど、あの……」

「まだ、なにか？」

「どうやったらあんなにおいしいドライカレーが作れるんですか？」

「えっ？」

意外なことを言われた先生は、女の子の顔をじっと見つめた。

「できれば、自分でも作れたらいいなあ、と思って」

「ほんとに、そう思うの？」

「ミートパイを食べた人たちがすごく幸せそうな顔をして『おいしかった』『ありがとう』って言ってくれたんです。部費の資金稼ぎのためにやったことなのに、そんなふうに言われるなんて思いもしなくて。おいしいものを作れるってすごいことだなあ、って思ったんです。だから……」

先生の顔にゆっくりと微笑みが広がっていく。

「それに気がついたのは素晴らしいことね。おいしいものを作れるってことは、人を幸せにする魔法を知ってるようなものなのよ」

「それは……私にもできるのでしょうか？」

「大丈夫。料理は、熱意と愛情とほんのちょっとの手間を惜しまない気持ちがあれば、誰にでもできる魔法ですから」

「もし、その魔法を知りたかったら、こういう教室もありますよ」

私は手に持っていた『菜の花食堂料理教室』のチラシを女の子に手渡した。

「うちの先生が教えてくれる料理教室」

「これ、ドライカレーの作り方も教えてくれるんですか？」

「生徒さんからのリクエストがあれば、もちろん」

私の言葉に、先生が大きくうなずく。

「わあ、だったら行きたいな。みんなから、来年もまたぜひ同じものを作ってくれ、って言われたんです。ここで覚えて作れば、今度はちゃんと一から自分のものとして売り出すことができますよね」

「だけど、魔法を習得するのも無料ではないのよ。プロが教える教室ですから、ちゃんと謝礼をいただいています」

私が念を押した。高校生には厳しいかもしれないが、遊びやボランティアではないのだ。それはきちんと伝えておかなければならない。

「はい。おかあさんに相談してみます。きっと、おかあさんは……違った、母は賛成してくれると思います。私が料理を作ることを、いつも喜んでいるので」

「そう。じゃあおかあさまと相談なさって、よかったら来てくださいね」

「はい！」

少女は大きな声で返事して、弾むような足取りで帰っていった。

「言い方、きつくなかったかしら？」

珍しく先生がそんなふうに私に尋ねた。

「いいえ、大丈夫です。伝えるべきことはちゃんと伝わったと思います。あの子も反省していましたし」

「そうね。ちょっとおとなげないかとも思ったんだけど、やっぱり勝手に自分の作った料理が売られるのは嫌だったの。衛生上の問題もあるし」

それがプロとしての矜持《きょうじ》なんだろう、と私は思う。売ったら売りっぱなし、というわけにはいかないのだから。

「だけど、目標の倍売れたというのはすごいですね。やっぱり高校生にも味の違いがわかるんですね」

質より量の年頃の子どもたちにも認めさせたというのは、先生の味の力だ。それがあの女の子のこころにも響いたのだ。

だから、先生の言葉にも素直になれたのだろう。

「高校生の学園祭で出されるものは、焼きそばとかせいぜいお好み焼きとかでしょう。それとうちとでは比較になりませんよ」

それが当然というように、先生は淡々とした口調だ。

「そうですよね。先生の料理はプロの味ですもの」

先生は私に向かってにっこりと微笑んだ。その目はやさしい。私に言われた賛辞を喜ぶというより、それを言った私への好意にあふれた笑顔だった。

だが、先生はそれ以上その話題には触れず、

「さあ、食堂に戻りましょう。みんなが待っているわ」

と言って歩きだした。私も二、三歩遅れて先生の後をついて行った。

偽りのウド

梯子《はしご》に右足を掛ける。梯子が揺れもせず、しっかりと固定されているのを確かめて、左足を掛ける。一歩一歩慎重に暗がりの中へ下りていく。四メートルほど下りると、足が固い地面を踏みしめた。

「どうですか？　見えるでしょう？」

頭の上から、大倉《おおくら》あおいさんの声がした。私は腰に下げていた懐中電灯を点《つ》けた。丸く掘られた縦穴の固い壁面は、さらに四方がそれぞれ部屋のように大きく穿《うが》たれ、その窪みのところにぼんやりと白い稲のようなものが浮かび上がる。

「はい、見えました。思ったより大きいんですね」

白い稲に見えたものは、ウドだ。だいたい六十センチとか七十センチくらいあるだろうか。天然の山ウドは緑の葉がしげり、ふつうの野草と変わらないが、栽培されるウドは真っ白い。ゼンマイかもやしが大きくなったような感じで、ひょろりとして葉らしきものはない。日の当たらない地下の室《むろ》で栽培されるからだ。その室の中に、いま私は立っている。ウド室の中は思ったよりも暖かい。外は今年一番の冷え込みで、昼間でも五度を下回るという予報だったが、ここは秋半ばくらいの暖かさだ。

私に続いて靖子先生が、最後にあおいさんが梯子を伝って室の底に下りて来た。

「まあ素敵。何か神秘的な光景ね」

靖子先生が感嘆の声を上げた。確かに、白い植物が窪みごとに群生している光景は、いままで目にしたことがない。

「人が触れちゃいけないような、不思議な景色ですね。まるで、童話の世界に入り込んだみたい」

私は子どもの頃に観たアニメ映画を思い出した。森の中を主人公が進むと、人里には生息していない奇妙な植物や生物に出会うのだ。緑でないというだけで、植物がこんなにも違って見えるとは。しかし、あおいさんは、私たちの感慨をあっさりとかわした。

「あらあら、見慣れると、ほかの作物と変わりませんよ。生えてる場所がちょっと違うだけで」

あおいさんはこのウド室のある農家のひとり娘だ。結婚して、夫といっしょに家業を手伝っている。この景色は子どもの頃から日常的に見ているのだ。ウドは昔から武蔵野地域で多く生産された。戦後、ウド農家は減少しているが、いまでも立川や小平では生産が続けられ、東京ウドとして知られている。

「ウドそのものは何度もご覧になったことがあるでしょう？　いまは、スーパーなどでも売ってますし」

「ええ、もちろんです。切り取られて、食材として単体で売られているものは見てるんですけど、群れで生えているのは初めて見ました」

先生はその場にしゃがむと、ウドに顔が触れるほど近づいて見ている。

「ほんとうに艶やかな、きれいな白ね」

「写真、撮ってもいいですか？」

私はあおいさんに断って、スマートフォンでウド室の中を撮影した。光量が十分でないので、よりいっそう幻想的な景色がカメラに収められた。

「そろそろ行きましょうか。いつまでも蓋を開けておいていただくわけにもいきませんしね」

先生はそう言って立ち上がる。再び私、靖子先生、あおいさんの順に梯子を上っていった。私たちが室から出ると、外に待っていたあおいさんの夫が梯子を引き上げ、蓋の隙間に直径二十センチくらいの長いプラスチックの筒を差し込んだ。

「これがないと、換気ができないからね。ウド自身の呼吸で、窒息してしまうんです」

そうして蓋を閉じ、上に土で汚れた麻の布を被せた。

「今日はありがとうございました。珍しいものを見せていただいて、感激しました」

「私までご一緒させていただいて、ほんとうにありがとうございました」

靖子先生に続いて私も大倉夫妻に頭を下げた。

「いえいえ、とんでもない。料理教室でお世話になっているのですから、これくらいお安い御用ですよ」

日に焼けた顔をくしゃくしゃにして、あおいさんは笑う。ウド室があるくらいだから、この農家の敷地は広い。目の届く一面に畑が続いており、それがみな大倉家に代々伝わる地所なのだそうだ。小さな小学校の敷地分くらいはあるだろう。うちの田舎の方では珍しくないが、東京の郊外でこの広さはあまり見ない。

こういうところに生まれ育ったら、きっと誰でもおおらかな性格になるだろう。あおいさんがそうであるように。そんなことを思う。

ウドのほかにもブロッコリーとかキャベツなどを栽培している。だが、おもな収入源はやはりウドである。一部はＪＡにもおろすが、多くは料亭やレストランと直で取引している。地方からの注文販売も多い。そのため一年中出荷できるように、連作をしているのだそうだ。

私たちがここを見せてもらえることになったのは、大倉さんの奥さんのあおいさんが料理教室の生徒だからだ。

「一度料理教室でウドを扱ってください」

あおいさんがそんな話をしたところから、実家がウド農家であることを知ったのだ。

「前からウド室を見てみたいと思っていたの」

そんな先生の願いをかなえるために、わざわざ大倉さん夫妻が時間を取ってくれたのだ。

「見学者はたまに来るんですか？」

先生があおいさんの夫の公彦《きみひこ》さんに尋ねた。

「ええ。この地区の小学校の生徒が見に来ます。東京ウドは江戸東京野菜と認定されていますし、地元に昔からある名産品として、学校でも教えてくれているそうなんです」

「そうでしたか」

「ただ、栽培方法が珍しいというだけでなく、できればおいしい食材として好きになってほしいんです。やっぱり生産者としては、食べてもらってこそ、と思いますしね」

「だけど、ウドって高級食材ですよね。会席料理に欠かせない食材っていうイメージがあります」

　私が言うと、公彦さんは微笑んだ。

「もともとの山ウドは山菜ですし、ありふれた食材だったんです。栽培されたウドは採れる数量が少ないので高級に見られがちですけど、松茸ほど高いものではありませんし、もっと地元の人に親しんでほしいんですよ」

　公彦さんは、ふつうのサラリーマンの家庭に育ち、自分も結婚するまでは証券会社で営業マンをしていた。結婚を機に会社を辞め、あおいさんの両親にいちから農業を教わったそうだ。しかし、もともとラガーマンで身体を動かすことが好きだったので、農業にもすぐに慣れた。いまではすっかり日焼けして、農作業着も麦わら帽子も板につき、根っからの農業青年に見える。公彦さんが加わったことで、ネットでの宣伝や売買にも力を入れるようになった。HPを立ち上げ、ネットショップを運営するほか、閲覧ページビューを上げるために日々の雑感を書いたブログも毎日のように更新している。おかげで、地方からの注文が倍増したのだそうだ。

「ウド室はここひとつなんですか？」

「いえ、そことそちらもそうですよ」

公彦さんが指差したところは、ざっくりと布が被せてある。あたりは畑と畑の間のちょっとした空き地のようなところで、大きな欅《けやき》の木がぽつんぽつんと立っている。木の根元には、枯れたウドの根っこが山を成している。汚れた麻布《あさぬの》は地面に馴染んでいて、それがウド室の覆いだと気づく人は少ないだろう。

「部屋に戻りましょう。ここに立っていると寒いし、喉も渇いたでしょう?」

あおいさんに言われて、私たちはそこから百メートルほど南に歩いたところにある事務所に戻った。事務所というのは六畳ほどの広さで、机がひとつ、ほかにコピー機や書類入れなどが置かれ、壁にはウドのポスターがべたべたと貼られている。そこで、注文の受付をしたり、地方発送の荷造りをしたりするのだ。

「せっかくだから、採れたてを味見して行きますか?」

「はい、ぜひ」

私たちが声を合わせて返事をすると、あおいさんは奥の台所に引っ込み、すぐに皿いっぱいに拍子木切りしたウドを持ってきた。ウドには酢味噌が掛かっている。

「あら、こんなにたくさん」

思わず、そう言ってしまった。ウドといったら、ちょっといい和食のお店で、有田焼の器か何かに盛られて、ほんの一口供されるくらいしか私には経験がない。まるで大根か何かのように、どんと皿一杯出されるのは初めてだ。

「どうぞ、たくさん召し上がってください。酢味噌もつけてね。こちらの酢味噌も、うちで作ったんですよ」

あおいさんがにこにこしながら勧めてくれる。

「ありがとうございます」

私と先生は、添えられた爪楊枝にウドを刺して口に入れた。口の中にウド独特の風味が広がる。噛むと生の大根のようなしゃきしゃきした歯ごたえだ。かすかに苦みがあるが、酢味噌の酸味と甘みで中和される。

「おいしいですね。採れたては風味が違いますね。それに、灰汁《あく》もあまりないから食べやすいわ」

先生が目を細める。

「もともとウドは山菜ですから灰汁が強いんですが、栽培したウドは灰汁抜きしないでも食べられます。灰汁抜きすると逆に癖がなさすぎて物足りないくらい」

と、公彦さんが笑う。私も感想を述べる。

「ほんとに、さっぱりしておいしいです。この酢味噌も」

「うちでもいろいろ調理しますが、いちばんはやっぱりこれですね。採れたてを食べられるのはウド農家の特権ですし」

「どんなふうにお料理なさるんですか？」

「サラダとか、豚肉と炒めたりとか……」

公彦さんが靖子先生の質問に答えあぐねていると、あおいさんがフォローする。

「天ぷらにしたり、きんぴらにしたり、甘酢漬けにしたり。そうですね、セロリとか大根みたいな感じで調理してますね。それから、うちでは春巻の具としても使います。大葉とチーズとカニカマを入れるんです。これは子どもが大好きなんです」

やっぱり、料理についてはあおいさんの方が詳しい。

「あ、そうだ。こういうのもあるんです」

あおいさんが棚のファイルからA４サイズの紙を取り出した。

「地方に発送する時や、直接ここに買いに来られるお客さまにウドといっしょにお渡しししているんですけど」

そこには「おいしいウド料理」として十種類ほどの料理方法が簡単に書かれていた。あおいさんが挙げたサラダとか天ぷら、きんぴら、甘酢漬けや春巻などのレシピもある。材料と簡単な手順だけだが、料理経験のある人なら、それでも十分作ることができるだろう。

「ああ、どれもおいしそうですね。どんな食材でもそうですが、生産者の方にはかないません。その食材のことを深くご存じですからね。ウド料理については、私が講師をやるより、大倉さんにやっていただいた方がいいんじゃないでしょうか」

　先生は真顔であおいさんに言う。

「いえいえ、私のは素人料理だし、その場その場で適当にやっていますから、ちゃんとしたレシピを書いたり、それを教えたりっていうのはできないんです。ほら、その紙にも分量までは書いてないでしょう？　それに、先生のお教室でやってくだされば、日ごろウドを触らない人にも親しんでもらえますから」

「そうかしら」

「そうですよ。我々はウドを作る人、先生は調理する人。それぞれ役割がありますからね。お教室でウドを扱ってくださること、楽しみにしています」

　あおいさんに続いて公彦さんも、

「そうですよ。ぜひお願いします。当日には、その朝採れたてのものをお届けしますから、そちらのお客さんたちにぜひウド料理を広めてください」

「わかりました。頑張ります」

先生は力強く請け合った。

「ごめんください」

その時、事務所の扉が開いて、年配の男性が入ってきた。

「あの、表の看板を見たんですけど、ここでウドを売っているんですか？」

男性はジャージ姿で、散歩のついでにここに寄った、という感じだ。

「はい。どれくらい御入り用ですか？」

「ちょっとでいいんだけど。うちで食べる分だから」

「わかりました。すぐにお持ちしますので、ここでしばらくお待ちいただけますか？」

あおいさんはお客さんにそう伝えた後、私たちの方を見て、

「すみません、ちょっと席を外します」

と言った。先生は腰を上げ、

「私たちの方はそろそろ失礼します。ずいぶん長いこと居座ってしまいましたから」

「いえ、私たちはまだ大丈夫ですよ」

「お客さまもいらしたことですし、お仕事のお邪魔になりますから」

「そうですか。では、今度の料理教室、楽しみにしています」

私たちは大倉夫妻にお礼を言うと、そのまま事務所を後にした。

家までの往復は、先生が運転する自動車に乗せてもらった。見かけによらず先生は車好きで、乗っているのもシトロエンというフランス車だという。それも、ちょっと古い型のマニュアル車だ。

「なぜフランス車なんですか？」

と、先生に聞くと、

「別れた夫が置いていったのよ。最初は扱いにくい車だと思ってたんだけど、慣れるとその扱いにくさも人間的でいいと思ってね」

それで思い出した。先生は以前、フランス人と結婚して子どももいたのだが、数年で破局し、夫だった人はフランスに帰国した。ふたりの子どものうち、娘さんの方は現在フランスに住んでいる。先日娘さんが先生に奇妙な伝言を寄越した。それがSOSだと気づいた先生は、単身フランスに乗り込んだ。短い滞在の間に娘さんの問題を解決に導いたらしいが、それについての詳細は教えてくれない。

「いずれ時期が来たら」

と、微笑むばかりだ。先生はプライベートについてはあまり話さない人なので、それ以上は教えてくれそうにない。話すのにふさわしい『時期』がほんとうに来るのか、私にはわからない。こんなときは、親しくなったようで、まだまだ先生とは距離があるなあ、と思うのだ。

その次の定休日の晩、私は先生に呼び出された。次の料理教室のメニューを考えたいので手伝ってほしい、と言われたのだ。いつもはある程度先生がひとりで考え、試作の段階で私が呼び出される。アイデア出しから手伝ってほしいと言われたのは初めてだ。いつもより気合が入っているようだ。

「ウドって面白い食材ね。クセがあるようで、意外とシンプルで扱いも簡単だし。いろんなものに応用できるわ」

ウドという食材に手ごたえを感じているらしい。ふだんあまり食卓に上がらないものだから、それをみんなに紹介することに喜びがあるのだろう。だけど、それだけではない。

「穂先から皮まで、全部使い切るレシピにしたいのよね。それでご飯から汁物からおかずまで、一食分の献立になるようなメニューを考えたいの」

「じゃあ、デザートもですか？」

私は軽い調子で聞いてみた。先生の目がきらりと光る。

「デザート？　それは考えなかったわ。それもありね」

「ほんとですか？」

「さすがに、大倉さんのところでもウドのスイーツは作ってなかったみたいだし。うちならではのレシピになりますね」

先生は、やはりあおいさんのレシピに触発されたのだ。レシピを考えるプロとして、大倉夫妻が知らないようなメニューを作りたいのだろう。

「ウドのクセの強さに対抗して、チョコレートと合わせたらどうかしら。ねっとりしたチョコレートケーキにウドを飾ると合いそうね。しゃきしゃきした歯ごたえがいいアクセントになりそう。いえ、いっそチョコレートムースの方がいいかしら」

先生の頭の中のコンピューターがフル稼働しているようだ。

「だけど、ただ飾るだけじゃ面白くないわ。そうだ、いっそすりおろしてみたらどうかしら。すりおろして、何かと混ぜて蒸してみるといいかも」

次から次へとアイデアが発展していく。どうしてそんな発想が浮かぶのだろう。私は感嘆して、ただ聞いていることしかできない。

「やっぱり試してみるに限るわね。うちにあるウドで足りるかしら」

先生は野菜収納の棚から新聞紙に包んだウドを持ってきた。

「これだけあれば、いくつか試すことができそうね」

先生はほんとに楽しそうだ。料理のことを考えるのが、心底好きなのだろう。

「だけど、ほかの料理も作るのだから、あまり手間の掛かるものはやめた方がいいかもしれません」

私はおずおずと忠告した。うちの料理教室はあくまで料理が主役だ。いままでスイーツを扱ったことはほとんどない。野菜を使ったスイーツは巷で流行っているが、「家に帰ったらすぐ作ろうと思うような料理」がコンセプトだから、凝ったものは避けてきたのだ。

私の言葉に先生ははっとした様子で、

「そうね、優希さんのおっしゃる通りだわ。すりおろしたりしたら、ウドの歯ざわりが生かせないし、手間も掛かるわね」

「それはそれで面白い料理ができる気もしますけど」

「料理人の性《さが》として、新しいメニューを考案するのはすごく楽しいのだけど、この教室でやるべきことじゃないわね」

「はい。できれば簡単にできるスイーツを考えていただければと思います。思い立ったら、ぱっと作れるような」

「ぱっとできるようなスイーツね。考えてみるわ」

新作スイーツで先生の気持ちが盛り上がっていたのに水を差すような気がして申し訳なかったが、今日の話題はそちらではない。

「お願いします。ところでスイーツ以外のメニューはどうしましょう」

先生は、机の上にあったノートを広げた。

「ざっと考えているのは、穂先の部分を使ったご飯もの、汁物、定番だけどウドの肉巻き、炒め物、天ぷら、サラダか甘酢漬け、皮を使ったきんぴらっていうところかしら」

教室のレシピを考える時、先生はご飯と汁物のほか、炒め物、揚げ物、サラダあるいは漬物か酢の物を入れる。日々の料理に役立つ部分だからだ。出汁のとり方やご飯の炊き方、揚げ油の扱いなど、繰り返して丁寧に教えている。

「それにスイーツが入ると八種類になりますね。多くても六種類くらいがいいんじゃないでしょうか」

「そうね、八種類じゃ多すぎるわね」

先生はうーん、とうなっている。いろいろ考えて出したものなので、自分では決めにくいのだろう。

「肉巻きはインゲンの時にもやりましたから、これを外すのはどうでしょうか？」

「ああ、そうね。炒め物もあるし、外してもいいかも」

先生はノートに書いた肉巻きのところに斜線を引いた。

「あとひとつ外すのが難しいわね。ご飯と汁物、きんぴらは外したくないから……抜くとしたら、炒め物か春巻きかサラダか」

「どれも外したくはないですね。サラダとかに使うことは多いけど、炒め物や揚げ物にも使えるってことを伝えたいですし。困りましたね、どうしましょうか？」

「じゃあ、甘酢漬けはあらかじめこちらで作って用意しておきましょう。これは甘酢の漬け汁を作っておいて、それに野菜を混ぜるだけですし、甘酢の作り方は前回やりましたからね」

「はい、それでいいと思います。それで、残り六種類だといつもと同じくらいになりますから」

「ありがとう。やっぱり優希さんに相談してよかった。適確なアドバイスをくれるから、考えをまとめやすいわ」

先生はそんなふうに褒めてくれる。

「そんな……。私の言うことなんて、きっと誰でも気が付くことですよ」

「そんなことないわ。優希さんが、料理教室のことを大事に考えてくださっているからこそのアドバイスだわ。ほんとに助かります」

先生に褒められて嬉しかった。そうなのだ。ちゃんとした仕事とは言えないけど、私にとっては料理教室の仕事は本業よりも大事なものになっていた。先生と仕事すること、料理のことをあれこれやることが、とても楽しいのだ。

これが私の本業になるといいんだけどなあ。私自身は料理が飛びぬけてうまいというわけじゃないけど、料理の勉強をするのは好きだ。

以前先生に言われたように、料理人をサポートするような、マネージャーみたいな仕事ができるといいなあ。

現状はまったく料理とは縁のない職場で、お店の経営とは何も関わりのないところにいるのに、そんな夢のようなことを私は思っていた。

料理教室のために先生が考えたのは、以下のメニューだ。

ウドと人参と油揚げの炊き込みご飯、ウドの味噌汁、ウドと大葉とチーズの春巻き、ウドと豚肉の味噌炒め、ウドの皮のきんぴら、それにウドのスイーツ。

スイーツは、ウドをレモン水にさらして灰汁を抜き、粗くみじん切りにしたものに、やはり粗く刻んだイチゴを加え、ゼリーでまとめたもの。ミントを飾りに添えると、ウドの白さとイチゴの赤にミントの緑がアクセントになって、目にもさわやかな一品になった。

「これなら、思い立った時、すぐにできるでしょう」

できあがってみればとてもシンプルなレシピになったが、これを作るために何度も試作を重ねた。イチゴ以外にもりんごやグレープフルーツで試したり、刻み方を変えたり。イチゴをペースト状にしてみたり、砂糖の量を調節したりもした。ひとつのレシピを考えるのに、こんなに手間が掛かるとは思わなかった。

「久しぶりに新しいレシピを作って、楽しかったわ。これもウドをテーマにしようと言ってくれた大倉さんと、アイデア出しを手伝ってくれた優希さんのおかげね」

先生は満足そうだ。料理人はただ作るだけでなく、新しいものを考えるというのも、やりがいを感じることなんだろうな、と思う。

料理教室の生徒さんたちの反応も上々だった。ウドを調理したのは初めて、という人がほとんどだったが、

「意外と扱いが簡単で、いろんな料理に応用が利くんですね」

「セロリみたいな感覚で使えばいいんですね」

と、好評だ。慣れない食材を扱うのは億劫で、なかなか手を出す気にはならないが、

一度使ってみれば案外簡単だ。そのきっかけがこの料理教室なら、そんないいことはない。

なかでもあおいさんはとても喜んでくれた。

「やっぱり先生が作られると、同じメニューでも違いますね。ほんのちょっとしたコツで、ずっと洗練されるというか。それに、ウドのゼリーにはびっくりしました。ウドでスイーツが作れるなんて、思ってもみなかったです」

「大倉さんに言ってもらえると、ほんとに嬉しいわ。ウドのプロでいらっしゃるんですもの。正直、緊張してたんですよ」

先生は笑って言う。なるほど、だからアイデア出しから私に相談したんだな、と思った。いつになく気合が入っていたのは、そのせいなのか。

「いえいえ、先生は料理のプロですもの。私たちの作るものとは違います。教えていただいたスイーツのレシピ、うちのブログでも紹介していいですか？　もちろん、先生に教わったことは明記しますから」

「もちろんいいですよ」

「ありがとうございます。ついでにこちらの食堂と料理教室の宣伝もさせていただきますね」

あおいさんは嬉しそうに言った。

それから二週間ほどして、あおいさんから私のスマートフォンにメールが来た。

『ブログに料理教室のこと、書きました。もし何か問題があれば、言ってくださいね』と書かれている。それで、大倉農園のページを開いてみる。最新の日記に料理教室のことが紹介されていた。

『月に一度、料理の腕を上げるために、料理教室に通っています。

電車で四つ離れたM駅から徒歩二十分のところにある菜の花食堂で、素敵な料理教室が開催されているんです。そこで教えてくださるのは野菜料理。今回のテーマはなんとウドを使った料理！　ウド、大人気！　……って、実はこちらの下河辺先生に、私がリクエストしたんですけどね。えへっ。

うちでもいろいろウド料理は作るんですけど、さすがプロの料理人。ひとつひとつが洗練されていて、とてもおいしかった♡

その中でもびっくりしたのがウドのスイーツ。ウドでスイーツなんて、と思う方は、ぜひ試してください。ほかにはない、スペシャルなスイーツができますよ。

先生に許可を得たので、レシピを紹介しますね』

そうして、ウドとイチゴのゼリーのレシピが載っていた。

ほかにはない味。

今回のはまさにそうだ。先生の発明なのだから。

それとも、誰かがすでに同じようなことを考えているのだろうか。

ふと気になって、ネットで検索をしてみた。

「ウド、イチゴ、ゼリー、レシピ」

というキーワードを検索エンジンに入力してみる。数秒後にばーっと項目が並ぶ。トップに来ているのは大倉農園のブログ。あおいさんが書いたものだ。それ以外は関係ないもののようだ。ウドのレシピ集だったり、イチゴゼリーのレシピだったり。レシピ集の中に、ウドとかイチゴとかゼリーという言葉が出てくるものが並んでいるようだ。だが、その中に、ひとつだけ個人のブログが交じっているのが気になった。それで、そのブログをクリックしてみる。

『陽気なあやこママの子育てレシピ』

そんなタイトルがついている。ふつうの主婦が書いているブログのようだ。その最新の日記のタイトルは「今日はウド尽くし」。あれ、と思って読んでいく。

「ウドってみなさん、どんなイメージですか？　高級食材？　扱いが面倒？

そんなことないいんです。私はたまに買うんですよ。スーパーや近くの農家でも売ってますから。お値段もそんなに（まあ、安くはないですけど）お高くはないし。ちょっと目先の変わったものを作りたいな、と思う時、やってみるんです。珍しい食材を使うと旦那サマが「おっ」と感心してくれるし、子どもも『ママすごい』と言ってくれるし、自分でも料理がうまくなったような気分です。

今日のメニューはウドご飯、ウドの味噌汁、ウドと大葉とチーズの春巻、ウドサラダ、それになんと、スイーツもウドなんですよ。ウドとイチゴをゼリーで固めてみました。ウドがしゃきしゃきして、とっても美味♡　子どもも喜んで食べてくれました」

ブログには写真とレシピも載っている。写真はかわいい器にナプキンなどを添え、写真栄えするように演出されている。

それを見て、唖然とした。サラダ以外は全部先生のレシピだ。先日、みんなに配ったレシピを出してきた。材料の分量も、作り方の手順も、すべて先生が生徒に渡す紙に書いたものと同じである。

なに、これ。先生のレシピのパクリじゃない。

そのブログの過去の書き込みをチェックしてみた。二、三日に一回は更新されている。内容は、その日作った夕ご飯のことだ。あやこママと名乗るブロガーには夫とよっくんとねーねというふたりの子どもがいるが、どちらも野菜があまり好きではない。それで、いろいろ工夫して食べさせようとしているらしい。人参を星の形に切ったり、苦手なピーマンを細かく切ったりしている。給料前には安い食材で料理を工夫し、忙しい日には作り置きの活用を考える。ふつうの主婦が、平凡な日常をあれこれ工夫して楽しんでいる。悔しいが、文章はうまい、と思った。時々挿入される家族とのやりとりも微笑ましく、読んでいてほのぼのする気持ちが湧き上がってくるのだ。この書き手が先生のレシピを盗用していると知らなければ、私もこのブログが好きになっただろう。実際、人気の高いブログらしく、読者からのコメントもたくさんついている。

「あやこママさんのレシピ、今日もおいしそう。うちの息子たちにも食べさせてみます」

「ウドって使ったことなかったです。私にもできるかしら」

「ウド料理作ったら、旦那に自慢できそう。今晩さっそくやってみます」

などなど、書き込みが十以上ついている。それに、ブロガーがひとつひとつ丁寧に回答している。

「どうしてそんなにいろいろなレシピを思いつくんですか？」

という質問に、

「食材を見てると、これをどんなふうに調理したらおいしくなるか、と考えるんです。ウドなら定番は酢味噌和えとか天ぷらだけど、うちの子は両方ともダメだな。だったら、ナマでも酢味噌和えはやめてサラダにしてみよう。天ぷらじゃなくて、子どもが好きな春巻の具に混ぜてみよう……。そんなふうに考えがまとまるんです」

「ウドでスイーツっていう発想はすごい。真似したい」

というコメントについては、

「ありがとうございます。ウドの可能性をもっと広げたいと思って考えました。おいしくできたので、ぜひ作ってみてくださいね」

となっている。

ずるい。このレシピは先生が試作を重ねて完成させたものだ。それをまるで自分の考えたもののように語っている。

先生のレシピを盗んでいるのだ。

あやこママって誰だろう。

うちの生徒さんに、そういう人はいただろうか？

私はすごく嫌な気分になった。それで、次に先生に会う機会が訪れた時、このブログのことを話してみた。先生にこのブログを見せると、

「確かにこれは私のレシピね」

と、ため息交じりに言う。

「ですよね。レシピ泥棒じゃないですか。こういうこと、許されるんでしょうか」

「道義的にはともかく、法律的には罪にはならないわね」

「えっ、どうしてですか？」

「レシピには著作権はないの。それを発表した時点で、そのレシピはみんなのものになるのよ」

「だけど、先生が考えたのに」

何度も試作して、この配合で作るのがベスト、って考えたのは先生なのに。

「仕方ない面もあるのよ。いつ誰が考えたレシピなのか、証明するのって難しいでしょ。自分では世界で初めての料理と思っていても、すでに誰かが考案しているかもしれない。それに、料理っていうのは無限にレシピが存在しますから。たとえばハンバーグなんて、その家その家で配合が違ったりするでしょ。それをいちいち著作権として認めるわけにはいかないもの」

「それはそうかもしれないですけど……」

ここまであからさまに真似をされるのは不愉快だ。

「もし私が自分のレシピを本にして出していたら、刊行の日付がちゃんとわかるし、それ以降出たものは真似だってはっきりわかるけど、今回のように料理教室のレシピ一枚では証拠にもならないしね」

「じゃあもし、このあやこママって人のブログが本になったりしたら、この人が考案したレシピってことになっちゃうんですか？」

「この人が本でも自分のレシピだと書いたら、それが定説になるでしょうね」

「そんなの、悔しい。納得いきません。先生はどうなんですか？」

「それはいい気はしないけど……」

先生は複雑な表情をしている。

「とにかく、このあやこママが誰だかが知りたいです。もしうちの生徒なら、注意しなきゃと思いますし」

それどころか、そういう人には二度とうちの教室に来てほしくない、というのが私の本音だ。

「それはそうね。誰かわからない人にこういうことをやられているっていうのは私も気持ち悪いし」

「やっぱりうちの生徒なんでしょうか？」

信じたくはないが、その可能性は高い。

「どうでしょうね。このブログが発表された日付はいつになっているの？」

「えっと……十一月二十日になっています」

「二十日だとすると……、まさに料理教室をやっていた日になるわね」

「あ、そうですね。後半のクラスが二十日でしたね。じゃあ、その日の生徒の誰かが？」

「それはなさそうね。その日教室で習ってすぐにその晩に作るためには、あらかじめウドを買っておかなければならないけど、そこまで計画的にする必要があるのかしら。毎日更新しているわけではなさそうだから、その日に絶対アップしなければならないというものじゃないし」

「そうですねえ」

「それに、昼がウド尽くしで夜も同じというのは、私だったら嫌だな。クセのある野菜だし、日を置いて作りたいわ」

「確かにそうかも……」

「それに、こういう人の言葉をどこまで信じるか、というのはあるけど、ブログに『昨日作った』と書いてありますからね。後半のクラスに出席した人は関係ないと思います」

「そうすると、前半のクラス？　でも、あの時のメンバーは……」

前半のクラスは、料理教室の常連さんが集まった。香奈さん、八木さん、村田さん、杉本《すぎもと》さん、大澤《おおさわ》さん、前田《まえだ》さん、それにウド農家のあおいさんだ。みんな気心が知れているし、長く通っているから、いまさらブログに先生のレシピをアップするとは思えない。

「誰もあやこという名前ではないですし、うちの生徒さんではないですよね」

私は先生に問い質《ただ》した。

「プロフィールに必ずしも本当のことを書いているとは限りませんが、前半のクラスの出席者の中では男の子と女の子の母親はいなかったわね。前田さんのところがふたり子どもがいましたけど、両方とも男の子だったし」

その事実にほっとする。常連さんたちの誰かが犯人だとは思いたくない。

「ただ、ブログにフィクションを書いているとしたら、そういうことはアリバイにはならないわね」

「フィクションを書く？」

「自分のことを知られないために、家族構成とか年齢を偽って書いたり、住んでいる場所で嘘を吐《つ》いたりってこともありますからね」

「そうですね。ブログでは現実の自分とは違う、みんながあこがれるようなセレブ的な日常を書いたりする人もいますものね」

ブログの中ではセレブな自分になりたい、そのために過剰に演出する人だって存在するのだ。

「だけど、この人の場合はそんなに上流な暮らしぶりでもなさそうですけど。給料日前の節約料理みたいな日記もありますから」

「それはわからないわよ。平凡な専業主婦にあこがれるっていう人も、いまどきは多いみたいですから。厳しい雇用条件の職場にいたら、無理もないですけど。給料日前に創意工夫して安い食材でおいしいものを作るなんていうことも、主婦力の高さの現れってことになりますし」

「それは……そうかもしれません」

私自身も、専業主婦にあこがれる気持ちはある。不安定な派遣社員をいつまでも続けるより、お金持ちでなくてもいい、ちゃんとした企業に勤めている人と結婚して、家事や子育てに専念できる方がずっといいと思う。そういう考えの人が、専業主婦になったつもりで穏やかな日々をブログに書き記す、それはあってもおかしくはない。

「ただ、うちの生徒さんについて言えば、それに該当はしませんね。香奈さん以外は全員既婚だから専業主婦にあこがれることもないでしょうし、香奈さん自身はまだ若いし、実家に経済力もあるから、あせって結婚しようという気持ちはないでしょうから」

その通りだ。香奈さんは来年の春から調理師学校に通うことも検討している。以前に先生に言われたことに触発され、本格的に料理の道へと歩き出そうとしているのだ。そういう人が専業主婦にあこがれるとは思えないし、ブログに綴るほど暇だとも思えない。

「だとしたら、うちの生徒さんたちの中に犯人はいない、と思っていいのでしょうか？」

「私はそう思いますよ」

「では、誰が？」

「生徒の誰かから、レシピがこのブログの人に伝わったと考えるのがいいんでしょうね」

「ああ、そうですね。それならあるかも」

だけどどうやってそれを確かめたらいいのだろう。生徒さんに聞くのも失礼な気がするし。

「このブログ、前から続いているのよね。今回以外でも、うちのレシピを書き写したことはあるのかしら」

「昨日、二年分ほど遡ってチェックしてみましたが、うちのレシピを盗用しているのは、ウドの時だけのようです」

「そう。じゃあ、今回のレシピだけ使われたのね」

それだけではヒントにはならないだろう。先生は腕を組んでじっと考え込んでいる。

「前半の生徒さんたちに直接聞いてみますか？　うちのレシピを誰かに渡したり、教えたりしていないかって」

「それは、もう少し自分たちで検証してからにしましょう。さっきのブログをもう一度見せてもらえますか？」

問題のブログのページを開いたスマートフォンを、先生に手渡した。

先生はじっと見ていたが、下の方にスクロールして、読者からのコメントをチェックした。

「この人……、少なくとも市内に住んでいる人ではないわね」

「えっ、そうなんですか？」

「近所の農家でウドを買ったって書いてあるけど、市内にはウド農家はないですから」

「ウド農家って、どの辺にあるんですか?」

「このあたりで言えば、小平とか立川が有名ね。国分寺にもあるとは聞いているけど」

「前半の生徒さんで市外から来ているのは?」

「ひとりだけですね。ウド農家の大倉さん」

「そうすると?」

「このブログの人は、大倉さんのところからウドを買っているんです」

　先生は自信ありげに私の顔を見た。

「え、ほんとに?」

「ここの書き込みを見て」

　先生が示した部分には『私はたまに買うんですよ。スーパーや近くの農家でも売ってますから』と、書かれていた。

「この近所でウドが手に入ると言ったら、一般的にはJA。ふつうのスーパーでは扱いはほとんどありませんからね。だから、市内の人だったら『JAで売ってる』と書くと思うんですよ。だけど、そうじゃない。この人は農家で直接買うと言っています」

「でも、ほかのウド農家で買ったってことはありませんか?」

「もちろんその可能性はないとは言えないけど、穫れたものを直接販売する農家というのも、そんなに多くはないのよ。ましてウドについては」

「どういうことですか？」

「農家の直接販売は見たことあるでしょう？　たいていは無人で、棚のようなものに野菜を並べて、その横に貯金箱のようなものを置いておく。お客はほしい分の野菜を取って、お金を貯金箱に入れる、そういうシステムが大半ですよね。だから、買い手の良心にまかされているところがあるんです」

「ああ、そうですね。そんなところに高級食材のウドを置いておくわけにはいきませんね。あおいさんのところは、事務所があるから直接買いに来たお客さんにも対応できるんですすね」

「それに、この人が作ったウドのメニューに、ひとつだけうちのものではないものがあったでしょ」

「ええ、ウドサラダですね」

「あれって、大倉さんのところが、直接買いに来たお客さんや地方発送の時に配るウドのレシピの中にあったものとまったく同じです」

「え、だとすると？」

「この人は、うちのレシピだけでなく大倉さんのところのレシピも盗んだんです」

私と先生は大倉さんのところに出掛けることにした。先生がシトロエンを出してくれたのだ。電車だと乗り換えがあって面倒だが、車なら快適なドライブの距離である。道が空いていたので、三十分も掛からないで大倉さんの農園に到着した。敷地の端にある車庫に車を置いて、門から中へ入ると、ちょうどあおいさんが庭の隅でウドの仕分け作業をしているところだった。

「あら、先生。どうしたんですか?」

「急にウドが必要になったの。少し分けてもらえますか?」

先生はにこにこしながらそう話した。いきなりブログについて聞くようなことはしないつもりらしい。

「どれくらいですか?」

「明日のランチのサラダに使う分くらいだから、そんなに多くなくて大丈夫です」

「じゃあ、あちらで待っててください。すぐ持っていきますから」

先生と私は事務所の中に入った。先生は部屋の中を見回して、本棚のファイルの一角に目を留める。近寄ってファイルのタイトルをチェックし、『レシピ』と書かれたものを取り出した。中には、あおいさんが集めたらしいウド料理のレシピがあれこれ挟み込んである。雑誌や新聞の切り抜きなども交じっている。料理教室で使った先生のレシピは、ファイルの一番最後のところに収められていた。

そこにウドを抱えたあおいさんが入ってきた。先生はすぐにファイルを元のところに戻した。

「これくらいでいいでしょうか？」

あおいさんは持っていたウドを先生に示した。七、八十センチほどの長さのものを二本、新聞に包んでいる。

「はい、ありがとうございます。うちのランチにはちょうどいいけど、こんなに少なくても大丈夫なんですか？」

「うちまでわざわざ買いにいらっしゃる方はたいてい二本三本持ち帰られますけど、たまたま見かけてこちらにいらした方の中には、一本だけください、と言われる方もいるんですよ。中には半分じゃダメですか、とかね」

あおいさんが笑いながら言う。

「そうですね。ウド料理に慣れていない方は、一本でも多いって思うかもしれませんね」

「そうなんですよ。そういう方のために、うちではレシピを配っているんですけどね」

「料理教室のレシピも配りました?」

先生はさりげない調子で尋ねた。

「いえ、とんでもない。あれは先生の作ったものですから、勝手には……。あ、でも」

あおいさんは何かを思い出したように、はっとした顔になった。

「でも、と言うと?」

「すみません、ひとりだけ先生のレシピをお渡ししました。うちの近所の方で、いつもはウドじゃなくて、ブロッコリーとかキャベツを買っていかれる方なんですけど」

「ここではウド以外も扱っているんですね」

「ええ。看板とかは出してないんですけど、ウドの横にその日穫れた野菜も少し置いておくんですよ。そうするとついでに買って行ってくださる方もいるので」

「そうなんですか」

「でも、その奥さんはいつもウドじゃなくて、それ以外の野菜を買われる方なんです。スーパーのものより安くて新鮮だって。そっちの方の常連さんなんです」

「そういう方もいるんですね」

節約のためにしろ、鮮度を求めてにしろ、賢いやり方だ。農家の近くに住んでいる人間の特権だと思う。

「ほんとはウドも買っていただけるとありがたいんですけど、その方、あまりゆとりはないんですよ。旦那さんが、最近リストラされたとかで」

あおいさんが声のトーンを落とした。

「まあ」

「それで奥さんがパートに出ているんだけど、子どもが小さいからフルタイムでは働けないし。おまけにふたりいる子どものうち小さい方は喘息がひどくて、よく発作を起こすらしくて」

「それはお気の毒ね」

「そういう事情を知ってると、ウドも買ってくださいとは言いにくくてね。だけど、先月その奥さんが来た時、ちょうど半端もののウドを処分しようとしていたので」

「半端もの？」

「形が悪かったり、収穫の途中で折れたりして売り物にならないやつです。味には影響ないんだけど売るわけにはいかないので、ふだんは捨てるか、うちで使うかするんです。それを見たその方が、捨てるくらいならそれを安く売ってくれないかって言うんですよ」

「それでお売りしたんですね」

「うちとしてもせっかく育てたものだから、誰かに使ってもらった方が嬉しいですし、その方にはサービスしたい気持ちもあって、ただで差し上げたんです。商売人としちゃ、いけないことかもしれませんけどね」

「それで、その方にレシピを？」

「ええ。いままでウドなんて料理したことないって言うし、うちのレシピより、先生のレシピの方が子どもさんも喜ぶんじゃないかと思って。……ほら、スイーツのレシピなんかも載っていましたから。いけなかったでしょうか？」

「いえ、いいんですよ。ブログとかに載せたり、自分のレシピだと発表したりしなければ」

先生の言葉は穏やかだが、どこか緊張した響きがある。それをあおいさんも感じ取ったらしい。

「ああ、そうですね。うちのと違って、先生のレシピはプロのレシピですものね。その方に注意しておきます。その方、週に一度は顔を出しますので、話しておきますよ」

「はい、お願いしますね。最近ではなんでもネットにアップされたりするので、注意するにこしたことはありませんから」

そう言って先生は微笑んだ。いつもの穏やかな微笑みだった。

「あれでよかったんですか？」

帰り道、私は先生に尋ねた。

「たぶん、大丈夫だと思うわ。私がわざわざ来て、注意を喚起したということが伝われば、本人も考えるでしょう」

「そうですかねえ」

私は半信半疑だ。

「でも、あのブログ、やっぱり嘘が混じっていたんですね。旦那さんがリストラされたとか、子どもが喘息だなんて、一言も書いていない」

ウドにしても、余りものをもらって作ったなどとはおくびにも出さない。いいところの奥さんみたいに、この高級食材を時々買って、うまく使いこなしているような書き方だ。

「ブログですからね。自分の理想の生活を書いていたんでしょう。自分の日常がたいへんだからこそ、ブログの中くらいは楽しい日々を送っているように見せたいんじゃないのかしら」

「そういうものでしょうか」

「そういうものですよ。それで誰も傷つかなければ……それがその人の慰めになっていれば、いいんじゃないかと私は思うんですよ。人は現実だけでは生きられない。夢とか希望とか、何かの物語を必要とする生き物なんですから」

それっきり先生は黙り込んで運転に戻った。私も黙って助手席に座っていた。


それから三日後、問題のブログは突然閉鎖された。あっけないほどの幕切れだった。ネットから消えたブログは何も残さず、まるで最初からなかったもののようだ。

「何も閉鎖まですることないのに。ウドのところだけ削除すればよかったのに」

私がそうぼやいた。レシピのことを除けば、いいブログだったのだ。読者もたくさんついていただろうに。

「その方は、自分の正体がばれてしまったことに気づいたのでしょう。彼女がブログを続けていたのは、夢をみたかったから。だけど、夢が夢だとほかの人に知られてしまったら、もう続けるわけにはいかなかったのね」

「なんだか悪いことをしたみたいですね」

うちのレシピを勝手に使うことさえしなければ、こういうブログがあってもいいと思うのだ。それが書き手や、それを読む読者の楽しみになっているなら。

「人のレシピを自分のものとして語ることがなかったら、こんなことも起こらなかったのだけど」

先生に言われて、ふと思った。もしかしたら、この人はうちのレシピ以外も勝手に載せていたのかもしれない。だから、怖くなって逃げたのかもしれない。

「自分の夢を綴っているんだから、現実からネタを持ってきちゃいけなかったんですよね」

夢をみるのは勝手だが、それでもやってはいけないことはある。吐いてはいけない嘘もある。そこをこの人ははき違えたのだ。

そのことに、彼女自身が気がついたのだろう。

「その通りね。この人がもし次のブログを始めるなら、その辺はちゃんと守るでしょう」

「またブログ始めるでしょうか？」

「この人、もう何年も続けていたんでしょう？　書くことが習慣になっているから、きっとまたどこかで始めると思うわ」

先生の言葉はやさしかった。私もそうだといいな、と思っていた。

ピクルスの絆

それは文字通り爆弾発言だった。ある日、料理教室が終わってほかの生徒が帰った後、香奈さんが片付けをしていた先生に向かって言ったのだ。

「お願いがあります」

先生は手を止めて香奈さんの方に向き直った。香奈さんは緊張しているのか、瞼《まぶた》をぱちぱちさせている。

「なんでしょう?」

相手を包み込むような靖子先生の笑顔に勇気づけられたのか、香奈さんはひと息に言い切った。

「私を先生の弟子にしてください」

言われた靖子先生も、横で聞いていた私も驚きのあまり言葉を失った。

「本気なんです。私、先生の料理をもっと知りたいんです」

その言葉を疑うわけではない。香奈さんの声は震えている。嘘や冗談でない、本気で思っていることは十分伝わってくる。それに、以前から料理の仕事をやりたいと望んでいたことは、私も先生もよく知っていた。

「だけど……うちは、弟子を取るようなお店ではないし」

香奈さんの気迫に押されたように、先生はやっとそれだけを言う。

「私いろいろ考えたんです。調理師学校のパンフレットも取り寄せたりして検討しました。だけど、私がどんな料理人になりたいかと言ったら、先生みたいな料理人なんです。その理想が傍にあるなら、わざわざよそに習いに行く必要はない、と思ったんです」

香奈さんは思いつめた目で先生を見ている。

「そんなふうに思ってくださるのは嬉しいわ。だけど、私も自己流でやってきているし、弟子を取るほどの技術があるとは思えないの。あなたが料理人として独り立ちできるように面倒がみられるか、正直自信がないのよ」

先生は、言葉を選ぶようにひとつひとつゆっくりと発声する。

「ほかにもっとあなたの能力を生かしてくれるレストランがあるんじゃないかしら」

「確かに、女性スタッフで運営するオーガニック系のレストランとか、ヴィーガンを売りにしているレストランもこの近くにあるんですけど、そういうのとも違うんです。主義主張や理屈じゃなく、季節の旬のものを選んで、ていねいに料理をする。それがおいしい。シンプルにそれを実践しているのは先生だ、と思ったんです。技術だけでなく、肩ひじ張らない先生のそういう姿勢が素敵だな、と思うんです。だから、誰かに習うとしたら、先生のほかには考えられないんです」

香奈さんの気持ちはわかる。私自身も先生の人間性に惹かれてここに通っているのだ。技術だけでない、どうせ習うのであれば人間性も尊敬できる人につきたい、そう思うのは自然なことだ。

「だけど、正直な話、うちのお店は私ひとりだからもっているような状態で……、家賃も掛からないし、人件費もない。私ひとりの食い扶持《ぶち》を稼げればいい、そういう姿勢でやってきた店なんです。誰かを雇えば、その人の給料分まで稼がなければならない。ランチ営業しかしてない店ですから、それは無理なのよ」

先生は内情を打ち明けた。ふだんお金の話をしたがらない靖子先生も、そこまで言わないと香奈さんが納得しないと思ったのだろう。

「それでもかまいません。お給料はいりませんから、働かせてください」

香奈さんは、先生の弁明を予測していたように、すらりと言ってのけた。

「ここの厨房で働くことで、いろんなことを学ばせていただくんです。学校に通うかわりにこちらを選んだのですから、給料はなくてもかまいません。どうか、ただで使えるバイトが入ったと思って、こき使ってやってください」

さすがの先生も黙ってしまった。そこまで言われると、聡明な先生にも反対する言葉がみつからないようだ。

「どうかよろしくお願いします」

香奈さんは深々と頭を下げた。先生は何も言えず、ただ茫然と立っていた。

「どうしたらいいのかしらねえ」

香奈さんが帰ったあと、先生は私に相談する。

「ああ言ってるんですから、こき使ってやればいいんじゃないですか？　それが本人の望みなんですから」

私は冷たく聞こえないように、ちょっとおどけた調子で言った。

「とは言っても、弟子と言われると責任を感じてしまうわ。バイトなら金銭のやり取りで成立している関係だから気楽だけど、無報酬となるとそうはいかないし」

先生はため息を吐く。

「香奈さんは真面目だし、料理人としての資質もあると思う。頑張ればちゃんと結果の出せる子だとは思うのだけど、でもねえ……」

「いいんじゃないですか？　お給料なくても大丈夫ってことは、実家が応援してくれるってことでしょうから。ダメでも親がなんとかしてくれますよ、きっと」

それでなければ無報酬で弟子入りなんてできやしない。私だって、可能であれば先生の仕事をもっと手伝いたい。だけど、自分自身も食わせていかなければいけないから、派遣の仕事も辞められないのだ。

「本人が望んでやることですから、先生が責任を感じる必要はありません。考えていたのと違うと思えば、自分から辞めるでしょうし。……あそこまで言うんですから、試しにやらせてみればいいじゃないですか」

「そうねえ。それしかないわねえ、きっと」

先生はもう一度ため息を吐いた。

「もう少し、うちの売り上げを上げられればいいんだけど」

先生はまだ人件費のことを気にしている。それで私は、前から思っていたことを思い切って口にしてみた。

「それだったら、新しいことをやってみるのはどうでしょうか？」

「新しいこと？」

「たとえば、先生のピクルスを瓶詰にして売るとか」

「瓶詰？」

「ええ、そうです。食堂の売り上げは上限が決まっていますが、瓶詰ならそれはありません。うちの食堂以外にも置いてくれるお店はあると思うし、イベントなどで売ることもできますし」

　これは野川マルシェのイベント以来、ずっと考えていたことだった。先生の料理の腕をそういう形で生かせれば、もっと売り上げも立てられる。瓶詰の中身は一度に量が作れるので、ひとつひとつ手作りの食事を出すより効率がいい。少ない人数でもやっていけそうだ。

　ほんとはそれでうまく行ったら、私自身を雇ってほしいのだけど。

　だけど、そういう気持ちはぐっと押し殺して提案してみたのだ。

「だけど、ピクルスがそんなに売れるかしら」

「ピクルス以外でも、たとえばドライカレーの素とか、ドレッシングとか、いろいろできるんじゃないでしょうか。ジャムやスイーツを作ってもいいし」

　私の言葉を聞いて、先生は微苦笑を浮かべた。

「実は私もそういうことを考えたことはあるの。お客さまに、ピクルスを売ってほしいと言われたこともあるし。それで調べたのだけど、瓶詰を売るのはハードルが高いのよ」

「と言うと？」

「缶詰や瓶詰の製作販売には、食堂とは別に許可がいるの」

「それはどういうことなんですか？」

「缶詰や瓶詰を作る専用の部屋が必要なの。シンクや手洗い設備、冷蔵庫なども、それ専用に用意しなければいけないんですって」

「それは、奥のキッチンとかではダメなんですか？」

先生の家には、食堂のほかに自宅スペースにキッチンがある。そこを使えばいいのではないだろうか。

「それではダメみたい。ちゃんと専用の部屋を用意しなければ、許可は下りないのよ」

「それは……面倒ですね」

そんなに難しいこととは思わなかった。そこまでやるのはおおごとだ。

「衛生上の問題がありますからね。缶詰も瓶詰も保存食だからふつうのものより衛生面をきっちりしなければいけないし、そのためには管理の行き届いたスペースを用意しろっていうことなのね」

「言われてみればそうですね。簡単に販売できるのなら、素人でもやろうとしますものね」

私はため息を吐いた。いいアイデアだと思ったのだが、なかなかうまくはいかない。

「何事もお金が関わってきますからね。宝くじでも当たったら、部屋の一部を改装して専用スペースを作るんだけど、そういうわけにはいかないし。いまのところ地道に商売するしかないわね」

そう言って先生は笑った。

そんなわけで、報酬の目途が立たないまま、香奈さんは菜の花食堂のスタッフになったのである。


香奈さんが来てくれたおかげで、先生の仕事は楽になった。それまで先生がひとりでやっていた掃除や皿洗いといった下働きは香奈さんがやってくれるし、混雑した時の給仕なども、ひとりスタッフがいるだけでスムーズに処理できるようになった。

「やはり人手があると違うわね。香奈さんのおかげで、ほんとに仕事が楽になったわ」

先生は言う。

「気は利くし、手も早いし、こんなに楽をさせてもらうと、香奈さんが辞めた後はきっとしんどく感じるわね」

ところで、香奈さんが来るようになったら私の出番はなくなるのでは、と思ったが、それには香奈さんが反対した。

「私、先生の一番弟子はやっぱり優希さんだと思うんです。先生は優希さんのことを娘のように信頼されてるし。優希さんがお嫌でなければ、どうか料理教室の仕事はこれまでどおり続けてください。私もお手伝いしますから」

こんな小さな教室に助手はふたりもいるだろうか、と思ったが、私も辞めたくなかったし、香奈さんの言葉もあったので、助手の仕事は継続することになった。それでよかった、と思ったのは、次の回の料理教室でのことだった。


十二月は年末なのでいつもと少し趣向を変えて、ホームパーティのレシピを教えることになっている。クリスマスやお正月で人が集まった時、手軽にできて見栄えのするお料理は、知っておけば役に立つ。だから今月も二回の教室はすぐに生徒がいっぱいになったのだが、それとは別に料理教室を開催することになったのだ。

「貸し切りで教えてほしい」

と言ってきたのは、異業種交流会を開催しているという小島大徳《こじまだいとく》さんという三十代半ばくらいの男性だ。この人が店に突然やって来て、先生に直接お願いしたのだ。

「僕ら毎週月曜日、朝七時に新宿のカフェに集まって、朝食をとりながらいろんな話をするんです。お薦めの本を紹介したり、それぞれの業界のトレンドの話をしたり。儲けるのが目的ではないのでカフェ代しか掛からないし、毎週来る人も多くて、結構楽しいですよ」

異業種交流会などというとできるビジネスマンの集まりのような感じだが、小島さんのところはそうでもないらしい。

「常連が多いので出会い系ってわけでもないし、営業は禁止しているのでガツガツした人はすぐ来なくなるし、のんびりした集まりですよ。異業種交流というと仰々しいけど、仕事関係じゃない人と集まって、楽しくおしゃべりする会って感じですね」

そういう小島さんは茶髪で日によく焼けていて、遊び人とまではいかないが、テレビ局とか出版社とか、自由がききそうな感じの職場に勤めている雰囲気がある。それに妙に明るい。大企業のサラリーマンらしくは見えない。

「その、交流会をやっていらっしゃる方が、うちに何の用なんですか？」

「いま、うちのグループで料理が話題になってるんです。メンバーのひとりが親から独立してひとり暮らしを始めるんですけど、料理をまったくやらない子なんです。それで、どこかいい料理教室がないか、って話をしていたら、別のメンバーがここを推薦してくれまして。こちらのお店の常連なんだそうです」

「常連？　お名前は？」

「碇《いかり》さん、っていいます」

「知らない方ね」

靖子先生は首を傾げた。常連といっても、いちいち名前を聞くわけではないので、顔しか知らない人もいる。おそらくそんなひとりなのだろう。

「碇さん曰く、ここの料理教室は実用的という話だし、先生がやさしいから、小林《こばやし》さんでもわかるように懇切丁寧に教えてくれるだろうって。……あ、小林っていうのが、今度引っ越しをする女の子なんです。小林依利子《えりこ》」

「はあ」

「で、ほかにも料理習いたいやつがいて、メンバーを募ったら僕を含めて六人いたんです。それならいっそ六人で貸し切りで教えてもらったらどうかと思いついたんです。みんな料理初心者なんで、ほかの生徒さんと一緒だと足を引っ張りそうだし、こっちも遠慮して聞きたいことも聞けなくなるのは嫌だなと思うし」

小島さんはペラペラとまくしたてた。ほかの人に遠慮して質問を躊躇するような人にはとても見えない。

「その分、料金は上乗せしてお支払いします。どうか、引き受けてもらえないでしょうか？」

唐突な依頼だったが、先生が引き受けたのは、料理教室の開始時間を夜七時にしてほしい、と言われたからだ。いつもの教室は店の定休日の午前中に開始するが、夜スタートならランチ営業のある日でもかまわない。香奈さんが来てくれたことで、靖子先生の身体も楽になっている。それで教室の回数が多くなっても大丈夫だと先生は判断したのだ。


しかし、料理ができない、という言葉は嘘ではなかった。小林さんだけではない、当日来た五人のうち、四人までが料理の手伝いすらしたことがないというメンバーだったのだ。当初は六人出席予定だったが、一人急用で来られなくなり、五名のメンバーでやることになった。それでもかなり手が掛かった。

「この皮むき、どうやって使うんでしょう？」

手にピーラーを持った小島さんが靖子先生に尋ねる。ピーラーも使ったことないんだ、と私は思ったが、小島さんの口調はあっけらかんとして、悪びれた様子はみじんもない。

「これはね、こうやって刃のこちら側をじゃがいもに当てて、こうしてさっと引くんですよ」

先生が実演してみせる。茶色の皮が薄く剥がれて、切り口から黄色いじゃがいもの断面がのぞく。

「うわー、すごい」

小島さんは嬉しそうに手を叩いた。

「刃を当てる角度によって、皮の厚さも変わりますから、なるべく刃を立てないで、薄く切ってくださいね」

先生の注意が耳に入ったのか入らなかったのか、小島さんはピーラーを持ち、じゃがいもの皮を一心に剥き始めた。

「先生、湯せんってどうやるの?」

今度は小林さんが私に尋ねてくる。小林さんはショートカットで眼鏡のかわいい女性だが、噂どおり料理をした経験はないようだ。

「鍋にお湯を張り、その内側にボウルを置いて、その中で調理するんです。ほら、こういうふうに」

私は水の入った小鍋を火にかけて温め、その内側に四角いチョコレートの塊の入ったボウルを置いた。するとボウルに接した部分からみるみるチョコレートが溶け始めた。ボウルの底に褐色の液体が溜まる。

「つまり間接的に火を入れることで、食物の温度が上がりすぎるのを防ぐってことなんですね」

見かけによらず、小林さんは理屈っぽい。

「ええ、まあそういうことですね」

小林さんは用意していたノートに何か書き始めた。

「あの、ちょっとこれ、うまく行かないんですけど」

今度は卵を泡立てていた太田《おおた》元之《もとゆき》さんから声が掛かった。なんでしょう、ともうひとり助手としてついていた香奈さんが太田さんの傍に寄っていく。

今日の料理教室はやっぱり変だ。男性三人女性二人という編成も珍しいが、そのうち四人までが料理についてはまったくの素人なのだ。ふだん教室に来る生徒さんたちはほとんどが主婦だから、料理が苦手だという人でもある程度はできる。ピーラーの扱い方を知らない人はまずいない。だから、簡単な手順を説明すれば、自分たちでなんとかできてしまうのだ。たまに料理初心者も交ざってくるが、そういう時は周りの生徒さんたちがあれこれ説明してくれるし、常連の村田さんなどは私以上に助手の役割をしてくれる。おかげで先生や私はずいぶん助けられていたのだ、ということをいまさらながら実感した。

香奈さんのおかげで、今日は助かったわ。

香奈さんが太田さんに泡立て器の使い方を説明しているのを見ながら、内心私は思う。生徒五人に助手ふたりは多すぎるかと思ったけど、今日はそれでちょうどいい。

「ほら、泡立て器を持ち上げると、白身がこんなふうにぴんとなるでしょう？　この状態をツノが立つって言うんです。泡立てが足りないと白身がだらっと垂れてしまうし、立てすぎると今度は分離してしまいますので、気をつけてくださいね」

香奈さんの説明はていねいでわかりやすい。私よりもやっぱり助手に向いてるかも、と思うと心の中でチリッと爆ぜるものがある。気にしない、と思ってもやっぱり振り切ることはできないのだ。私より香奈さんの方が先生にとって必要な存在になってしまう。そのことになんとなく抵抗を覚える。香奈さんはいい子だし、つまらない嫉妬だと思っていても拭い去ることはできない。その気持ちを振り払うように、私は目の前の仕事に集中した。シンクに溜まった洗い物を片付けている。

今月の料理教室のメニューは、鶏もも肉のチーズ焼き、トマトとジェノベーゼソースの二色パスタ、ミネストローネ、グリーンサラダ、野菜のマリネ、それにチョコレートケーキだ。いつもの料理教室の応用編ということで、常連さんたちの希望を取り入れてケーキも作ることになっている。初心者には無理かもしれないということでケーキを外してほかのメニューに変えようとしたが、小島さんから「ほかの人たちと同じにしてください」と言われてこのメニューになったのだ。

だけど、やっぱりケーキはハードルが高かったみたいだ。

ケーキは計量も手順もきちんと守らないとおいしくできない。自己流の応用はきかない。レシピどおり作るしかないのだ。そのため、泡立てとか湯せんとか特殊な作業に生徒たちは気を取られ、肝心の野菜の扱いとか味付けといった方にはあまり気が向いていない。

初心者には十二月よりも通常の教室の時に来てもらった方がよかったかも。そっちの方が料理の基礎を覚えられるのに。

私はそんな想いを抱いたが、生徒さんたちはとても楽しそうだ。

「あれ、じゃがいもこんなに小さくなっちゃった」

「きゃー、チョコレートがこぼれるぅ」

人数はいつもの教室の半分くらいなのに、声の大きさは倍以上だ。新しいおもちゃを買ってもらった子どものように、みんなはしゃぎながら作業している。

だけど、これはこれでいいのかも。

いつも通っている生徒さんたちは、帰ったらその日の食事作りが待っているのだ。野菜嫌いの家族にどうやって食べさせたらいいだろうとか、ワンパターンと言われないためにはどうしようとか、少ない食費を給料日までどうやりくりしようか等々、それぞれに悩みを抱いている。家族の空腹を満たし、栄養とコストを考え、飽きられないように日々味付けとレシピを工夫する。料理は家事の中でもっとも頭と身体を使う労働、主婦にとっては日々逃れようのない義務なのだ。それをちゃんとやりたいと願う主婦の想いは切実だし、真摯なものですらある。

だけど、この人たちはそうではない。料理は義務ではなく、遊びだ。うまくできれば楽しいが、できなくても過程が楽しめればそれでいい。

私たちに求められているのは料理を丁寧に教えることではなく、料理を作る場を提供することなのだ。

先生も同じことを思ったのだろう。いつもの料理教室で教えるような細かなテクニックやコツは語らない。

「そうそう、上手にできたわね」

　と、もっぱら生徒を褒めることに専念している。面倒な作業があったとしても、

「じゃがいもの芽を取る作業っていうのはね、ちょっと貸してください。……こうやって、刃の下のところで表面をえぐるようにすればいいのよ。あ、こっちの方も取っちゃいますね」

　と、自分でやっている。いつもなら難しいところほど生徒にやらせ、先生自身はほとんど手を出さないのだが。私も見習って、

「卵と粉を混ぜるところが大事なんです。泡が消えてしまうと、ケーキが膨らまなくなりますから。ボウルを貸してください。ふるった粉を入れたら、さくっとかき混ぜるんです。……こんなふうにね。少々粉が混ざらなくても大丈夫。これくらいで止めます」

　と、いちばんたいへんなことは、自分でやってしまうことにした。卵の泡が消えないように粉と混ぜるのが、ケーキ作りの肝なのだ。

「はい、こうしてトントンとタネを落ち着かせたら、すぐに温めたオーブンに入れるんです。タイマーはセットしますが、途中で焦げたりしないか、ちゃんと見ていてく

ださいね」

生徒たちは気づかなかったかもしれないが、私たちが面倒なところを手助けしたので、ちゃんと時間通りに料理は完成した。

テーブルに料理をずらりと並べると、「わー、すごい！」という歓声が上がった。

「写メ撮ってもいいですよね」

五人全員がスマートフォンを出してぱちぱち撮っている。さらに、ＳＮＳに上げるために何か文字を打ち込んでいる人もいる。やっぱり彼らにとっては料理作りはイベントなのだ。人に見せびらかしたい特別な体験なのだ。だから地味な野菜料理だけよりも、ケーキがあった方が見栄えがしてよかったのだろう。写真撮影が終わるとようやく全員が席に着いて、食事タイムになった。今回はテーブルをお店の真ん中に集めて、椅子をその周りに置き、全員が顔を見合わせながら食べられるようにセッティングしてある。

「あ、僕忘れていた」

小島さんが鞄の中から何かの瓶を取り出した。

「せっかくなんで、スパークリングワインを買っておいたんですよ。持ち込みですけど、開けていいですか？」

「ええ、どうぞ」

先生は苦笑している。いままでの料理教室では誰もやったことがない、やろうとしたこともない行為だ。私はちょっと感心した。やるからには徹底して楽しみたい、その姿勢は悪くはない。

「じゃあ、みんなで乾杯しましょう。スパークリング用のグラスはありますか?」

そう言いながら、小島さんは食器棚の中の物色を始める。香奈さんが奥の棚からグラスを持ってくる。小島さんは私や香奈さんにもワインを注いでくれた。

「じゃあ、先生、ご発声をお願いします」

「え、私?」

「もちろん。今日はみんな先生の教え子ですから」

「そうですか? では、簡単に」

先生は立ち上がってグラスを目の高さに掲げた。

「今日はお疲れ様でした。料理教室、楽しんでいただけましたか? 今日のレシピを思い出して、いつか作ってくださいね。では、乾杯!」

「乾杯!」

それからワイワイとにぎやかに食事が始まった。

「あ、このちっこいの、小島さんのじゃがいもだ」

「中田《なかた》さん、チキン取り分けてもらえますか？」

「あ、これすごくおいしい。うちに帰ったらやってみよう」

「相原《あいはら》さんも来ればよかったのに。仕事でドタキャンってかわいそう」

こんなに楽しそうな試食会は珍しかった。いつもの試食会は、反省会でもあり、もうちょっと会話もおとなしい。

「チキンと言えば、この前入ったタイのレストランの話なんですけどね」

話し上手の小島さんが会話の中心になって場を盛り上げる。笑いの渦が起こる。まるでふつうのパーティの食事のようだった。

おかずの皿が空になり、いよいよデザートのチョコレートケーキの番だ。

「これはおまけね」

先生が、できあがったケーキにホイップとイチゴを飾った。それでぐっと見栄えがよくなった。さらに香奈さんがドリップで淹れた珈琲を運んでくる。そこで再び撮影タイムだ。カシャカシャとみんなが撮影をし終わると、先生がナイフを入れ、切り分けたケーキをそれぞれに配った。ケーキの皿を受け取りながら、小島さんが先生に話しかけてきた。

「実は、こちらに来たいと思った理由のひとつは、先生が名探偵だとうかがったからなんです」

小島さんの瞳はいたずらっ子のように生き生きしている。

「名探偵？　誰がそんなことを」

「紹介してくれた碇さんが言ってましたが、このあたりでは評判らしいですよ。ちょっとしたヒントから真実を見抜く、日本のミス・マープルだって」

ミス・マープルは、英国の作家アガサ・クリスティの作品に登場する女性探偵のことだ。

「それは大げさですよ。二、三度そういうことがあったっていうだけの話ですし、それもみんなまぐれ当たりですよ」

先生は笑って否定するが、小島さんは意に介さない。

「まぐれでもなんでもいいんです。僕、ちょっと悩んでいることがあって、もしわかるなら教えてほしいんです」

それまでずっと笑顔だった小島さんが、真面目な顔になっている。

「どういうことでしょう」

「うちとは親の代から仲良くさせてもらっている、ある資産家の話なんですけど。仮に名前を……そうですね、鈴木《すずき》とでもしておきましょうか。その鈴木家で起こった問題なんです」

「それはそれは。まるでミステリ小説みたいですね」

先生が軽くからかうように言うが、小島さんはそのまま真面目な顔を崩さずに話し続ける。

「去年の夏のこと、鈴木家の当主が病の床につきました。年齢的には九十歳を超えているんで、まあ特別なことではないですよね。懇意にしている大病院の特別室に入院することになったんですが、持病もあり、先はもう長くないだろうと医者にも宣告されていました」

騒いでいた周りのみんなも、小島さんの話に引き込まれるように、しゃべるのをやめて耳を傾け始めている。

「この当主、なかなかワンマンな人で、商売は息子に譲っていたのですが、実際のところ自分が実権を握って手放さない。何かと口を挟むんです。何もかも自分の意志を通さないと気が済まない人でした。ですから、入院して、商売の方に口を出せなくなったことで、周りは正直ほっとしたんじゃないでしょうか」

小島さんはひと息吐くと、グラスにひと口残っていたワインを一気に飲み干した。

「それで、どこまで行きましたっけ。……そうそう、当主の容体は日に日に悪化していきました。ご自分でも死期が近いと悟られたのでしょうね。ある日、息子ふたりと顧問弁護士を自分の枕元に呼んだんです。そうして、病室の隅にあった手提げ金庫をベッドの方に持ってこさせました」

「手提げ金庫？」

「家庭用の、持ち運びのできる小型のものです。入院の際、当主が用意させたものだそうです。何のためにそれを使うのか、誰も知らなかったそうですが。……それを胸元に置くと当主が自分で鍵を回して開けました。中には当主自身の震える手で『遺言書』と表書きされた封書が入っていたそうです。そして『自分が死んだ後のことは、これを見て判断してくれ』と言ったのです。それを聞いて、息子たちは困惑しました。財産のある家なので当主の死後揉めることがないように、遺言書は二十年以上前にも用意されていました。もちろん公正証書遺言です。そちらをどうするのか、と息子が尋ねると『あれは破棄してくれ。気持ちが変わったんだ』と当主は言いました。しかし、どう変わったのか、具体的には教えてくれなかったそうです」

「新しい遺言書の中身は確認しなかったのですね」

「ええ。封がしてありましたし、家族が勝手に開封したら無効ですからね。何が書かれているかを家族は知りたかったそうですが、当主は何も説明しないまま、それを金庫にしまったそうです。……それから一週間後、当主の容体は急変し、帰らぬ人となったのだそうです。そうして初七日の法要が終わった後、遺言書を確認することになりました。大事に保管されていた手提げ金庫が出され、みんなの前で長男が鍵を回しました。それでどうなったと思います？」

小島さんはそこで言葉を切り、いたずらっぽく先生に問い掛けた。

「ミステリだったら、中の遺言書がなくなっている、というところですね」

先生が答える。

「ぴんぽん！　その通り。手提げ金庫の中身は空っぽでした。さて、ここで問題です。金庫の中の遺言書はどうなったのでしょうか？　誰がなんのために持ち去ったのでしょうか？　中の遺言書にはなんと書かれていたのでしょうか？」

「それを私に解け、と言うのですね」

先生は苦笑している。

「ええ、ぜひ」

小島さんは無邪気な笑顔を返す。

「私がその場にいればよかったのだけど、いまのお話だけでは手がかりが少なすぎますね。病院だったら出入り自由でしょうし、その後自宅に金庫が戻ったのなら、親族には誰でも手を触れる機会はあったわけですから」

「では、もうちょっと補足しましょう。入院していた病室は特別室で、付き添いの人が同じ部屋で寝泊まりしていました。付き添いは長年鈴木家で働いている男性です。真面目な人柄で、当主にも誠実に尽くしていましたから、この人の証言は信用できます。……彼が言うには、手提げ金庫はずっと部屋の中にあり、当主以外は触っていない。危篤状態のどたばたの時も、自分は金庫から目を離さなかったから間違いない。それに、当主が鍵のついたチェーンを自分の手首に巻いていたから、当主に気づかれずに鍵に触ることもできなかった、と彼は主張しています」

「でも、その人だって眠る時があるでしょう。夜中に誰かが忍び込んで、こっそり金庫に触ることはできたんじゃないですか？」

先生の質問を小島さんはうんうん、と聞いていたが、

「もちろんそれは考えられます。それで病院の廊下に取り付けてある防犯カメラの映像をチェックしたんです。当主が遺言書のことを話してから後の映像を調べましたが、怪しい人物の出入りはなかったそうです。また、手提げ金庫らしきものを持ち出した人もいません。金庫の指紋も、当主と、それを自宅に運んだ長男のもの以外は出てき

ませんでした」

「そこまで調べたんですね」

先生は感嘆とも嘆息ともとれるような息を漏らした。

「はい。それだけ鈴木家には大事な問題ですから。手提げ金庫は当主の死後、自宅に戻されました。これは、先ほど話したように長男自ら運び、すぐに備え付けの大金庫に保管しました。ここを開けるのは容易なことではなく……そこの鍵はふだん銀行の貸金庫に預けてあるので、誰かに知られずに開けることは不可能なんです。実際、手提げ金庫をしまってから初七日までの間、貸金庫から鍵を取り出した人間はいませんでした。なので、論理的には誰も遺言書に触れなかったはずなんです」

「そのようですね。だけど、遺言書はなくなっていた」

「そうです。それで関係者みんな頭を抱えているんです。新しい遺言書が見つからない以上、前の遺言書どおりに分配したいというのが息子側の言い分なんですが、『それを破棄したい』という本人の意思が明確であるのにそれを遂行するのはどうなのか、と言い出す親戚もいるんです。一年以上経ったいまでも、それがおさまる気配はありません。相続税の納付期限も過ぎて延滞税も掛かってきますし、みんな困っているんです」

「それで、私の意見を聞かせてほしい、と」

「はい。ほんとにどんなことでもいいんです。我々が見落としていることを、外部の方なら気づくかもしれないですし」

「それは重大な役目ですね。一介の料理人には荷が重すぎます」

「いえ、ほんとにヒントだけでいいんです。わからなくて当然。藁にもすがる思いなんです。何をどう考えていいものやら、こっちはもうお手上げなんですから」

小島さんの弁にはふざけた調子はなかった。言葉どおり、ずっと悩んでいたのだろう。先生は仕方ない、というように溜息をひとつ吐くと、

「では、少しだけ質問させてください。元の遺言書にはどんなことが書かれていたんですか？」

「ごく当たり前のことですよ。財産は妻に半分、残りは妻との間に生まれた息子ふたりに分ける、という内容です。家族は内容を確認していましたし、揉めようのない、きれいなものでした」

「法律で決められた取り分ということですね」

「まあ、そういうこと……ですね」

「故人はそれをどのように書き換えようと考えていたのかしら」

「それがわからないんです。長男はやり手で、商売も順調に業績を伸ばしている。一等地にできるファッションビルの中に支店を出そうとしたり。先代より柔軟で、商売もうまい、というのが周りの評価です。次男もそれをよく助けていますし、兄弟仲も悪くない。鈴木家は安泰、誰もがそう思っていたのですがねえ」

「書き換えられた内容については、どなたもご存じなかったのですか？」

「そうなんです。弁護士も税理士も司法書士もなんの相談も受けておらず、困惑している状態なんです。前の遺言書のどこがまずかったのか、誰も思いつかないんです」

ほかの人たちは、ふたりの会話を黙って聞いている。先ほどのにぎやかさが嘘のように、ふたりの声と、時折食器にフォークが当たる音しか聞こえない。

「そうでしたか。ほかに、何か考えるヒントのようなものはありませんか？」

「いえ、ないと思います」

「わかりました。では、ちょっと考える時間をください。今日はまだ料理教室の時間ですし、この後、片付けたり、いろいろやることもありますから」

「わかりました。じゃあ、また別の日にご意見を伺いにまいりますが、いつがよろしいでしょうか？」

「早い方がいいですか？」

「ええ、まあ。でも、来週の水曜日だったらまたこちらの方に来る用事がありますから、その時でも大丈夫です」

「わかりました。水曜日、時間は夜でもかまいませんか？」

「はい、僕もそちらの方が都合いいです。七時にこちらで、ということでいかがでしょう」

「はい、ではその時間に」

商談成立、と言わんばかりに、小島さんはにっこり笑った。しかし、先生は緊張した顔を崩さない。そこに、珈琲のサーバーを抱えた香奈さんが来て問い掛ける。

「小島さん、先生、珈琲のおかわりはいかがですか？」

「はい、お願いします」

小島さんが即答する。先生も、

「ありがとう」

と、カップを差し出した。香奈さんはふたりのカップに珈琲を注ぐと、ほかの人たちにもやさしい声で問い掛けた。

「珈琲、おかわりありますよ。ほしい方はいらっしゃいませんか？」

それまで固唾を呑んで聞き入っていた人たちが、ほっとした顔になった。

「あ、僕、ほしいです」

「私も」

みんなは次々にそう告げた。私も「お願いします」と、空になったカップを差し出した。集中して聞いていたせいか、喉はからからになっていた。


次の水曜日の夜、私と先生は食堂で小島さんを待っていた。先生から、いっしょにいてくれないか、と頼まれたのだ。

「よく知らない方とふたりだけで話をするのも気詰まりですし、優希さんがいてくださると助かります」

私の方も、先生がどんなふうにこの問題を解くのかが知りたかったので、渡りに舟だった。その日仕事が終わると一目散に家に帰り、着替えをして簡単に食事をすませると、菜の花食堂に向かった。

「優希さん、食事はすませたの？」

「はい。軽く食べてきました」

「そう、でもおつまみくらいなら大丈夫かしら？」

「はい。もちろん」

先生は、白い皿に生ハム、トマトとモッツァレラチーズのカプレーゼ、それにピクルスを盛りつけた。もうひとつの皿には薄くスライスしたバゲットにレバーペーストを塗ったカナッペを置く。

「これは、ワインが欲しくなりますね」

「ええ。珈琲でもいいですけど」

そんな話をしているところに、小島さんが現れた。

「こんばんは」

小島さんひとりかと思ったら、もうひとり、中田聡子《さとこ》さんもいっしょだった。料理教室に来ていた中で、ひとりだけ料理経験があった女性だ。二十代半ばくらい、眼鏡を掛けているせいか、知的でもの静かな印象を与える。みんながはしゃいでいる中、彼女だけは物静かで、あまりしゃべらなかったことを覚えている。

「すみません、続きが気になって私も来てしまいました。大丈夫だったでしょうか？」

「はい、もちろん」

先生は微笑みながらふたりを迎え入れた。

「何か手土産を、と思ったんですが、料理家の方に食べ物をお持ちするのもどうかな、と思って」

小島さんが細長い包みを先生に手渡した。

「ありがとうございます。開けてもいいかしら」

「もちろんです」

包みの中から出てきたのは、赤ワインのボトルだった。

「ボルドーですね。嬉しいわ。せっかくだから、いま開けてしまいましょうか」

「僕はかまいませんよ」

「私も」

中田さんも同意する。中田さんは少し顔色が悪い。何か思いつめたような表情をしている。

私は戸棚からグラスを四つ取り出す。先生がキッチンから用意していたお皿を持ってくると、小島さんと中田さんが「うわっ」と声をあげた。

「きれいですね。食べるのがもったいないくらい」

「ワインのつまみにはぴったりですね。まるで僕が持ってくるのを予想していたみたい」

ふたりの言葉に先生が微笑んだ。

「ええまあ。この前もスパークリングワインを持ってきてくださったし、今回も何かお持ちくださるんじゃないか、と」

「そうでしたか、さすがですね」

先生が四人分のグラスにワインを注いだ。

「じゃあ、本題に入る前に乾杯しましょうか」

「はい、じゃあ乾杯」

おかしなことになった、と内心思った。お互いをよく知らない四人が、ワインを酌み交わす。料理教室というのが小さな接点ではあるが、小島さんも中田さんも続けて教室に来ることはないだろう、という気がしている。冷やかしの、一度限りの生徒さんだろう。

それなのに昔からの友人のようにひとつのテーブルを囲んでいる。こんなこともあるんだな、と思う。

「わ、このピクルス、すごくおいしい」

中田さんが驚いたような声を出す。今日のピクルスは、きゅうり、大根、人参、パプリカ、蓮根にミニトマトの取り合わせだ。

「どうしてかしら、いままで食べたピクルスと全然違う」

「ありがとうございます。新鮮な野菜を使っているおかげかしら。それに、白ワインを使うのがコツと言えばコツですけど、それ以外は特別な作り方ってわけじゃないんですけどね」

私も大根のピクルスを箸でつまんで口に入れた。酸味がふわっと口の中に広がる。つんとする酸味ではない。まろやかで、深みのある酸っぱさだ。それを味わいながら大根を噛みしめると、しゃきっとした歯ごたえと野菜の甘みがじわっと滲み出す。

やっぱり先生のピクルスは最高だ。先生にレシピを教えてもらい、家で真似して作ってみたが、なかなかここまでの味は出せない。今日のお皿にはひと盛りになっているが、実は蓮根とミニトマトはそれぞれ単独の瓶に漬け込んである。味が混じるとよくないのだそうで、漬け汁の配合も野菜ごとに微妙に変えているらしい。そういうところがプロのやり方だと思う。

「おかわりしてもいいですか？」

中田さんは、ほんとうにピクルスが気に入ったらしい。

「どうぞ、どうぞ。作り置きはたくさんありますから」

先生は嬉しそうだ。自分の作ったものをたくさん食べてもらえることが、こんな時でも嬉しいのだ。

「レバーペーストもやばいですよ。僕史上、最高にうまいレバーペーストです」

小島さんはみっつ目のカナッペに手を伸ばす。

「そうですか？　よかった。レバーペーストは好き嫌いがありますからね。気に入っていただけたのなら嬉しいです」

私もほんとうはレバーがあまり好きではない。あの生臭さが苦手なのだ。だけど、小島さんの言うように、先生のレバーペーストは別だ。セージの香りがきいて生臭さもないし、口どけもなめらかで、クリームみたいにふわっとしている。

「これは止まらない。いくらでも食べられますね」

「カナッペもすぐに作り足せますから、どうぞお好きなだけ召し上がってください」

つまみに夢中になっている私たち三人を、先生はにこにこと見守っている。

「この店、夜は営業してないんですよね。もったいないな。こんなうまい料理が出るなら、きっとお客が集まりますよ」

小島さんの言葉はお世辞というわけではないだろう。その食べっぷりを見れば、本当に気に入っているのがよくわかる。

「だといいですけどね」

「いえ、ほんとの話。それに、レストランってランチだけじゃ儲けは少ないんでしょ？　お酒の売り上げがあった方がいいんじゃないですか？」

「夜の営業、それはそれでたいへんなんですよ。私だけでは到底無理」

「もうひとり、誰か雇えばいいんじゃないですか？　あ、その分人件費は掛かりますけどね」

「そうなんですよね。人件費の問題だけでなく、場所の問題もありますよね。ここは住宅地だし、駅からも遠いし、通りがかりの人がふらりと入れる場所ではありませんから」

「ああ、そうですね。でも、これだけの味のレストランなら、わざわざやってくる人もいるんじゃないですか？」

「どうでしょうね。駐車場があればいいんですけど、うちの分しか車は置けないし」

「夜の営業もいいですけど、このピクルスを売ったらいいんじゃないかしら。レバーペーストも」

「あら」

中田さんの言葉に、先生と私は顔を見合わせた。

「どうしたんですか？」

「いえ、その話を、つい最近こちらの館林さんとも話していたんですよ。瓶詰を売ったらいいんじゃないかって」

「ぜひ、やってください。私、買いますよ」

中田さんが真面目な顔で言う。

「やってみたい気持ちはあるんですけど、そのためには設備投資もいるんですよ」

「設備投資？」

「飲食業と加工食品の販売は別の事業の扱いになるので、瓶詰専用の部屋とかシンクとかが必要になってくるんです」

「銀行に借りたらどうですか？　いまなら金利も安いですし」

それは本気のアドバイスなのだろう。小島さんの声のトーンがちょっと低くなっている。

「うーん、そこまでの覚悟があるかですよね。いままで借金はしないでやってきたし、私も若くはないので、この年から借金を作りたくはないですし」

先生の言葉にはっとした。

私や香奈さんはこれからどうやって仕事を作っていこうか、と考える。だけど、先生はそうではない。六十歳という年齢を考えれば、収束を考えていく年なのだ。

「もったいない、これだけの味、もっと多くの人に広めたらいいのに」

中田さんは残念そうだ。

「ありがとうございます。そう言っていただけるだけでも嬉しいわ」

先生は中田さんの言葉をお世辞と受け取ったようだ。さらりと受け流す。

「ところで、そろそろ本題に入りましょうか」

先生の言葉に、小島さんの顔が引き締まった。

「はい、そうですね」

先生は小島さんの正面の席に座った。

「ひとつ確認したいのですけど、鈴木家の当主と息子さんは仲がよかったのでしょうか？」

小島さんが助言を求めるように中田さんの方をちらっと見た。中田さんは無表情だ。

「悪くはなかったと思うのですが……」

「よくもなかった。ワンマンの父親としたら、息子の打ち出す新機軸が面白くなかった、そうですね」

先生が念を押す。

「はい、その通りです」

「それから、もうひとつ伺いたいのは、鈴木家には奥さんと息子さん以外にも法定相続人がいるのではないですか？」

「それは……なぜそう思うのですか？」

「公正遺言書が法定相続分の通りであれば、それがあろうがなかろうが、誰も困らない。あえて作るというのは、息子と同等の権利を持つ人間の相続をなるべく減らしたい、そういうことじゃないでしょうか」

「息子と同等の権利を持つ、とは？」

「愛人の子どもとか、前妻の子どもとか」

先生の答えを聞いて、小島さんはにやりと笑った。

「その通りです。当主はいろいろ遊びもしたが、特定の愛人は作らなかった。だが、結婚は二回しており、最初の妻との間に娘がいる」

「実子であれば、そちらにも相続権はありますね。息子さんたちは、ろくに交流のない姉に財産を持っていかれるのが嫌だった、というわけですね」

「まあ、そうですね。先代の新しい遺言書に、娘に全財産を譲る、と書かれているのでは、と恐れているんです。商売のやり方が気に入らないと、しばしば癇癪を起こし『こんなことならお前らには俺の築いた財産は譲らん』と怒鳴るのが口癖でしたからね」

「どうせ脅しなんでしょう？」

「ふつうに考えればそうですよね。最初の奥さんと離婚したのは、二度目の奥さんと恋愛関係になり、男の子が生まれたからなんです。そちらを跡取りにするために、最初の奥さんを捨てたんです。まとまったお金を渡して、それっきり娘との縁も切ってしまった」

「だったら、いまさら娘に財産を譲るというのもおかしな話ですよね」

「さあ、どうでしょうね。先代は偏屈な人でしたし、年を取るにつれてそれがますますひどくなってましたから。息子のやることはことごとく気に入らない。ことに、支店を出すことについては猛反対で、『そんなことをするなら勘当だ』と言って怒っていました」

「それで、息子ではなく、ずっと会ってなかった娘に財産をやるのでは、とみんなが思ったということですか?」

「まあ、そういうことです。それくらいの嫌がらせはやりかねない人でしたから」

「嫌がらせ、動機はそれですね」

「動機?」

「ありもしない遺言書がある、と言ってみんなを不安に陥らせた理由ですよ」

「ありもしない遺言書?」

私と小島さんの声がそろった。遺言書はなかった、ということなのか。

「そうです。新しい遺言書なんてもともとなかったんです。封筒に表書きを書いただけで、中身は空っぽ」

「どうしてそう言い切れるんですか？」

「証言どおりだとすれば、遺言書を処分できたのは、本人と長男しかいないからです。よほどひどいことが書かれていれば、長男が握りつぶすということも考えられますが、弁護士という証人がいる以上、下手なことはできない。中身を捨ててしまうより、自分に都合のいいように書き換えてすり替えた方が混乱は少ない。だとしたら、本人が握りつぶしたと考えるのがいちばん妥当なんじゃないでしょうか」

「そんなことをしたら、家族が困るじゃないですか」

私は思わず口走った。先生はにっこり笑って答える。

「それこそが、先代の目的だったんでしょう。ワンマンでわがままな人間だったら、息子の意見が自分より大事にされるのが我慢ならない。自分の意向次第で、おまえたちはどうにでもできるんだ、という脅しをちらつかせたかったんじゃないでしょうか。いかがでしょう。そういうことをしない人だと思いますか？」

「それは……」

小島さんは口ごもった。その戸惑いは、それをやりかねない人だ、と言ってるようなものだ。

「それに、一度作った公正証書遺言を破棄するんであれば、改めて公証人を呼んで作り直すという方が自然です。でも、それはやっていない。別にほかの人に譲りたいわけじゃない、ただ息子に脅しをかけて、精神的にゆさぶりをかけたかっただけだから、それをあるかのように見せる、その証人として弁護士を呼ぶ、それだけで十分だったんです」

「なるほどねえ……」

「先代も、本当に息子に財産を継がせたくないと思っているわけじゃない。そうなると、自分が大事にしていた商売も傾いてしまうかもしれませんしね。新しい遺言書が出てこなければ、結局は以前作った公正遺言書のとおりに分配することになる、それがわかっていたからやったこと、悪いいたずらみたいなものですよ」

「そのいたずらに、周りみんなが振り回されたってことか」

小島さんはため息を吐いた。

「まあ、それが目的だったんですから。最後の置き土産のつもりでしょう。ところで、これは私の推量なので、違っていたらごめんなさい。……小島さん、お仕事は税理士ではないですか？」

「えっ」

　小島さんは持っていたカナッペを取り落としそうになった。その動揺ぶりが、先生の推理が当たっていることを示していた。

「弁護士という可能性も考えたのですけど、そうではないな、と。弁護士だったらはじめから名乗ると思いますし、遺産相続の問題については、むしろ税理士が関与する場合も多いですから。遺産の金額の査定、とくに不動産の査定なんかは弁護士には無理ですからね」

「何を根拠に、そうお考えになったのですか？」

「素人にしては言葉遣いが正確だと思ったんです。ふつうの人は遺言書ではなく遺言状と言いますし、延滞税というより延滞金という言い方をすると思うんです。だから、ある程度専門知識のある方だな、と思いました」

「なるほど。面白い仮説ですね。あくまで仮説ですが、もしそれが事実だとすると、なぜ僕が最初に説明しなかったのだと思いますか？」

「税理士として来ていることを、知られたくなかったのじゃないかしら」

「それはどうして？」

「そうですね。警戒されないためじゃないでしょうか。税理士という人が突然、料理教室にやってくるのは変ですものね」

「では、なぜ料理教室の生徒になったのだと？」

「クライアントの関係者がいるからでしょう。その人の経済状況とか暮らしぶりをそれとなく調べたいとしたら、その職場に行ってみるのが手っ取り早いですからね。いっしょに料理を作ったりすれば、相手の人となりを知ることができますし」

クライアントの関係者？　まさか先生のこと？

私は驚いて先生の顔を見た。先生は決まりきったことをしゃべるかのように落ち着いている。小島さんはにやにやしている。

「実子であれば、籍が分かれていても遺産を請求する権利がある。遺書に息子たちだけに譲ると書かれてあったとしても、法律で決められた遺留分というものがありますからね。ただ、その遺留分を全額払うべきかどうか。なるべくクライアントに有利な額に持っていこうと考えるのも税理士の性。いくら渡せば相手を納得させられるか、相手の経済状態でその辺は変わりますから、それを探りに来たんじゃないですか？」

「いや、まいった。いろいろと相続についてお詳しいんですね」

小島さんは、おかしくてたまらない、という顔だ。

「私の母は再婚でしたから相続の件が複雑で、義父の死後いろいろ問題があったんです。それで少し勉強させられました」

ああ、やっぱりそうなのか。

先生が鈴木家……というのは仮名だろうけど、その当主の前妻の娘、愛人ができたために追い出された奥さんの子どもなんだ……。

「そこまでご存じでしたら、僕が考えるよりもご自身で決めていただいた方がよさそうですね。どれくらいあれば、納得していただけますか？」

「さあ……。私の方も父親とは早く別れたので、ほとんど記憶はありません。やたらいばっていて、その人が家にいると母が神経を張り詰めていた、そんな思い出しかないんです。だけど、母の再婚相手はとてもいい人で、私を実の娘のようにかわいがってくれました。親子三人幸せな家族でした。だから、私にとっての父親はその人なんです。……ただ、法律というものは変ですね。義父よりも先に母が亡くなったので、私は義父から財産を譲られることはありませんでした。二十年いっしょに暮らした家も、それまで会ったこともなかった義父の兄妹のものになったんです」

「えっ、どういうことですか？」

私はびっくりして問い返した。

「再婚しても、配偶者の子どもとは養子縁組をしなければ、法律的には親子関係にはない。連れ子には相続権がないんですよ」

小島さんがそう説明してくれた。つまり、母親の再婚相手とは、法律的には他人のままってことなのか。

「その時になるまで、そんなふうに法律で決まっているなんて知りませんでした。義父は生前『この家は家族の思い出のある家だから、靖子がずっと大事にしてほしい』と常々言っていました。自分で働いたお金で建てた家ですから、折り合いの悪かった兄妹よりも、かわいがっていた私が財産を受け継ぐことを望んでいたのですが」

「そんな、理不尽なことが……」

ずっと育った家を追い出されるってどんな気持ちだったのだろう。先生はもう過去のこと、というように淡々と語ったが、それがなおさら私にはたまらなかった。小島さんは仕事柄そういう事例も見聞きしているのだろう。表情は変えなかった。若い中田さんはまあ、と小さく声をあげ、口をぽかんと開けて先生の顔を見つめている。中田さんもその理不尽さに驚き、先生に同情していているのだろう。

先生は聴衆の衝撃を和らげるように、柔らかく微笑んだ。

「だけどね、よくしたもので、親の財産を受け継ぐことはできなかったけど、母の姉がこの家を残してくれたんですよ。幼い時から過ごした家ではないけれど、ここもとても気に入っているし、よい思い出ばかり。だからまあ、神様は帳尻は合わせてくださるなあ、と思っているんです」

私はほっとしたあまり涙が滲んできた。先生のようないい人がつらい目にばかり遭うとしたら、私まで神だか運命だかに毒づきたくなる。世の中ハッピーエンドばかりじゃないことは知ってるけど、いい人にはちゃんといいことがあってほしい。じゃないと、私自身もこれからの人生を悲観してしまう。

「それで……実のおとうさまの件はどうされますか？」

小島さんが話題を変えた。

「そうですね。どうしましょうか。貰っても使い途《みち》もないし……」

先生は相続を辞退するつもりだ。いまさら冷たかった父親の遺産など貰う気にはなれないのだろう。残念な気もするけど、そちらの方が先生らしい。

「使い途ならあるじゃないですか」

それまで黙っていた中田さんが、突然口を挟んだ。

「えっ？」

「瓶詰を作る場所を建て増しするお金が必要でしょう？」

「それは…そうですけど。ちゃんと作るのであれば百万や二百万のお金ではすまないですよ」

「どうぞ受け取ってください。父は嫌がるかもしれないけど、私は……叔母さまがやりたいことを援助する義務が福永《ふくなが》の家にはあると思うんです。いままでほったらかしにした罪滅ぼしをすべきだって父を説得しますから」

「叔母さまと言うと？」

「すみません、中田というのは母の旧姓です。本名は福永、福永聡子って言います。叔母さまの姪に当たります。料理教室は、小島さんに私の方から頼んで申し込んでもらいました。叔母さまがどんなふうに暮らしていらっしゃるか、ずっと気になっていましたので」

私もびっくりしたが、先生の方がもっとびっくりしたようだ。口もきけず、目を大きく見開いて聡子さんを見つめている。

「まいったな。聡子さん、そんなこと言ってしまって大丈夫ですか？」

と言いながら、小島さんは全然困った様子ではない。むしろこの展開を面白がっているようだ。

「小島さんのお仕事を邪魔しちゃったかもしれないけど、小島さんもほんとうはそちらの方がいいと思うでしょ？　それくらいのお金を出したからってうちは傾く家ではないし」

「そうですね。僕もレバーペーストの瓶詰が好きな時に手に入るなら、そっちの方がいいと思うんですが……」

「だったら、ふたりで説得しましょう」

「ありがとう。そう言っていただけるだけで、とても嬉しいわ。私には親戚はいない、と思っていたけど、こんなにやさしい姪がいたなんて、ほんとに……」

先生は言葉を詰まらせた。その目には光るものがある。

「私こそ、料理上手で素敵な叔母さまがいたこと、とても嬉しく、誇りに思います。これからは、時々ここに伺ってもいいですか？」

「もちろんです。いつでも大歓迎ですよ」

先生は聡子さんの手を握り、じっと聡子さんの顔を見つめた。その目に映っているのは、かすかな記憶に残っている父親の面影なのかもしれない。聡子さんもやさしい目で叔母を見つめている。

私は胸がいっぱいになって何も言えなかった。おしゃべりな小島さんも、それ以上は何も言わなかった。

そうして思いがけぬ展開で、先生は瓶詰の作業場を作ることになった。

「ほんとに、宝くじに当たったみたいね」

財産分与についての正式な書類が送られてきても、先生はまだ信じられないという顔をしている。金額は、作業場を作るのに十分な金額だったらしい。

「瓶詰ビジネスを始めろ、という天の采配なんですよ、きっと」

私の言葉に、香奈さんも大きくうなずく。

「ピクルスやレバーペーストだけでなく、ドレッシングもいいですね。先生の味を分けてほしい人はたくさんいますよ、きっと」

香奈さんは嬉しそうだ。これが軌道に乗れば売り上げも上がるし、香奈さんの仕事も増える。香奈さんは、ますます菜の花食堂にとって必要な人材になっていくのだ。それはちょっとうらやましい。そんな気持ちを察したのか、先生が私に語り掛ける。

「優希さんも手伝ってくださいね。瓶詰の仕事で売り上げが立てば、優希さんにもアルバイト代が出せると思いますから」

「はい、ありがとうございます」

「優希さんが手伝ってくださると助かります。作ることだけでなく、売り込みも考えなきゃと思うんですけど、その辺は私たちより優希さんの方がお得意だと思いますので」

香奈さんの言葉にはっとした。料理を売るには、作る人だけでない、それをマネージメントする人も必要だ。以前先生がそう言ったのだ。

「そうですね。瓶詰を作るとしたら、どういう瓶がいいのか、ラベルやラッピングをどうしたらいいか。そういうことでも売り上げは変わりますから、そこを考えてみますね」

そういうことなら私は得意だ。中身はすばらしいのだから、それを魅力的に見せるパッケージを考えよう。それからできあがった瓶詰を、菜の花食堂以外のどこで売ってもらえるか、その場合の手数料のことなども考えなければならないし、いつどのように出荷するか、そんなことも考えなければいけないだろう。

「まあ、そうだったわね。始めるとなったら、いろいろ考えることはあるわね。だけど、それより前に作業場をどんなふうにしたらいいか、それが問題だわ」

「ああ、そうでした。まずはそこからですね。使いやすい作業場を作らなければ、ですね」

「どうせなら、食堂のスペースと繋げて、行き来がしやすくしたいの。収納スペースも増やしたいし」
「あ、それはいい考えですね。図面を書いてみましょうか」
いろんなアイデアが浮かんでくる。私たちは笑いながらこれからのことを話し合った。
これからの菜の花食堂。これからの料理教室。
私たちで協力して、その未来を創っていくのだ。
より多くの人に、先生の味を伝えていく。
食べた人が幸せを感じるような味を。
その一翼を自分も担っている。それが私はとても誇らしかった。

本書の執筆にあたり、立川市の須﨑農園を取材し、多くのヒントをいただきました。
御礼を申し上げます。

本作品の「きゅうりには絶好の日」「ズッキーニは思い出す」「カレーは訴える」は小社HP連載に加筆修正したものです。「偽りのウド」「ピクルスの絆」は当文庫のための書き下ろしです。

なお、本作品はフィクションであり、登場する人物・団体は、実在の個人および団体等とは一切関係ありません。

碧野 圭（あおの・けい）
愛知県生まれ。東京学芸大学教育学部卒業。フリーライター、出版社勤務を経て、2006年『辞めない理由』で作家としてデビュー。
他の著書に、ベストセラーとなりドラマ化された『書店ガール』シリーズのほか、『銀盤のトレース』シリーズ、『全部抱きしめて』『半熟AD』『菜の花食堂のささやかな事件簿』等多数がある。
地域の食文化への興味から、江戸東京野菜コンシェルジュの資格を取得。

だいわ文庫

菜《な》の花《はな》食《しょく》堂《どう》のささやかな事件簿《じけんぼ》
きゅうりには絶好《ぜっこう》の日《ひ》

著者 碧野《あおの》 圭《けい》

二〇一七年二月一五日第一刷発行
二〇一七年三月五日第二刷発行

発行者 佐藤 靖
発行所 大和《だいわ》書房
東京都文京区関口一－三三－四 〒一一二－〇〇一四
電話 〇三－三二〇三－四五一一

フォーマットデザイン 鈴木成一デザイン室
本文デザイン 松 昭教(bookwall)
本文印刷 シナノ
カバー印刷 山一印刷
製本 小泉製本

ISBN978-4-479-30640-5
乱丁本・落丁本はお取り替えいたします。
http://www.daiwashobo.co.jp